N & K

Barbara Peveling

Wir Glückspilze

Roman

Nagel & Kimche

Für P. und für R.

1 2 3 4 5 13 12 11 10 09

Herstellung: Andrea Mogwitz und Rainald Schwarz
Satz: Filmsatz Schröter, München
Druck und Bindung: Friedrich Pustet
978-3-312-00431-7
Printed in Germany

Wir Glückspilze

1

Mit Pilzen fing es an. Mit Mike Jonas und seinen Pilzen, die er Eva gab, bevor sie sich das erste Mal richtig nahe kamen, körperlich gesehen. Und bevor Mike Jonas sagte, dass Biene jetzt seinen Wohnungsschlüssel brauche, sie sei zwar nicht hübscher, aber so sei es nun mal. Eva könne den Schlüssel vielleicht später zurückhaben, irgendwann.

Der kann mich mal, dieser Mike Jonas, sagte Eva, als sie mit uns die Pilze von der Schafswiese verzehrte. Denn die Wiese, die kannte jetzt auch Eva, die geheime Schafswiese von Mike Jonas. Schafe müssen es schon sein, hatte Mike Jonas Eva erklärt und ihr die Pilze gezeigt, diese kleinen Kaffeebohnen von den Schafen müssen auf der Wiese liegen, dann wachsen sie erst richtig gut, abgefahren eben, hatte Mike Jonas gesagt, bevor er Biene bei dem Trommelkurs begegnete.

Dann aßen wir die Pilze mit Eva, und es war abgefahren, so war es immer: Wenn einer etwas anfing, was irgendwie abgefahren war, dann wollten das alle. So war das schon mit den Blumen zu Grundschulzeiten, da hatte ich einen Straßenverkauf nicht mit Eva oder Mike Jonas, sondern mit Sandra und Christine, zehn Pfennig die Rose, und weil es so gut lief, wollten das alle Kinder der Klasse auch machen, bis Jörg eine vom Direktor gewischt bekam, weil er siebzehn Rosen abgerissen hatte. Siebzehn – ganze eine Mark siebzig.

Es war so mit dem Blumenstraßenverkauf, und das mit dem Klauen, später, war genauso. Michaela und Amelie machen das, hatte uns Simone erzählt. Eva und ich fanden es eine gute Möglichkeit, Levi's Jeans umsonst zu bekommen. Schließlich bekamen wir nicht nur Levi's umsonst, wir konnten auch Spitzenunterwäsche und Seidenpyjamas gut gebrauchen. Das machten schließlich alle Mädchen der Klassenstufe so, bis Simone und ich von dem Kaufhausdetektiv erwischt wurden, der, weil unsere Eltern nicht zu Hause waren, den Schulleiter anrief, wodurch alles aufflog und alle Schüler Hausverbot für sechs Wochen bekamen, weil Simone und ich uns weigerten, Namen zu nennen. Am Schwarzen Brett hing ein Zettel, da stand alles drauf, doch zum Glück nicht Simones und mein Name, das mit dem Klauen machte dann, glaube ich, keine mehr.

Das war das, und jetzt hatten wir das mit den Pilzen von Mike Jonas angefangen, und es würde weitergehen, so weit, bis nichts mehr ging, bis eine Abzweigung kam, ein Stoppschild, ein Abgrund. Darüber dachten wir nicht nach, was kommen könnte, interessierte uns nicht, denn es sollte nichts kommen, es sollte so schön sein und bleiben, wie es war. Wir hatten längst das beständige Gefühl, es werde ewig so weitergehen. Sogar wenn etwas Unangenehmes auszuhalten war, Zahnschmerzen etwa, dann glaubte ich auch, das müsse so bleiben. In alle Ewigkeit eben. Vor allem aber das Schöne; als ich das erste Mal verliebt war, in Herbert mit der Vespa, der mit mir über die Feldwege brauste, schneller als fünfzig natürlich, war ich der festen Überzeugung, das gehe ewig. Ging es nicht, aber das, erklärte ich mir, war eine Ausnahme. Ich glaubte fest daran, ich glaube immer noch daran: Was als letzter Satz im Märchen steht, das gilt fürs ganze Leben.

Das mit den Pilzen war ein Ausweg, eine Aushilfe, vielleicht, um nicht ständig darüber nachdenken zu müssen, wo das denn hinführen würde, das mit dem Leben, und wann endlich der letzte Satz aus dem Märchen wahr würde. Ob ich jetzt nach dem Abitur das richtige Studium angefangen hatte oder nicht, ob ich nicht doch lieber mit einer Ausbildung hätte anfangen sollen oder einem internationalen Hilfsdienst beitreten, diese Fragen kreisten mir im Kopf. Und das Glück mit den Pilzen war, dass, mindestens für einen langen Kopf, diese Fragen sich von selbst abstellten, in Wohlgefallen auflösten, oder dass Gedanken im Kopf auftauchten wie Worte auf einem Bildschirm, die eine Erkenntnis versprachen.

Jetzt saßen Eva, Simone und ich im Polo von Evas Mama, im Kassettendeck spielten Nirvana *Smells like teen spirit*, wir sangen mit, so laut wir konnten, brüllten: *Here we are now, entertain us*.

Wir waren losgefahren am frühen Morgen, doch fanden wir uns nicht zurecht auf den Straßen der Lüneburger Heide. Wir hatten auch keine Karte dabei, nur eine grobe Skizze, die Eva sich am Telefon nach einer Beschreibung gemacht hatte. Es wurde dunkel, Eva rutschte auf dem Beifahrersitz hin und her, denn es war Simone, die fuhr, und Eva jammerte: Die sitzen alle schon am Feuer, und wir kommen nicht an. Eva hatte meine stille Bewunderung, denn sie war mit einem Mann zusammen gewesen, der Kurt Cobain sehr ähnlich sah, und was Besseres konnte einem nicht passieren, fand ich. Doch Eva fand das nicht, denn Eva behielt trotz allem und immer beide Beine am Boden, sie schwärmte nicht mal für Kurt Cobain, und Mike Jonas war ihr jetzt auch egal.

Mike Jonas hatte Eva den Schlüssel schon mehrmals zurückgeben wollen, je weniger sie ihn wollte, umso öfter. Biene war schon lange nicht mehr aktuell. Doch Eva schien das egal zu sein, sie verriet uns, wo Mike Jonas die Pilze herhatte, aß sie mit uns und machte jetzt auch diese Reise in die Lüneburger Heide, die Mike Jonas ihr vorgeschlagen hatte, mit uns.

Wir kamen nur leider nicht an. Wir durchquerten ein Kaff nach dem anderen, mussten noch einmal tanken, schließlich sagte Simone, sie würde jetzt zurück nach Bonn fahren, da entdeckten wir das Schild auf dem Feldweg.

Wir sollen den roten Bändern folgen, rief Eva aufgeregt. Sie hatte schon geschlafen, die letzten beiden Stunden hatte sie gar nichts mehr gesagt. Und da hingen die Bänder an Bäumen und Büschen, die Scheinwerfer des Polos fingen sie ein, und mit einer Geschwindigkeit, die mir unheimlich war, ging es kreuz und quer durch den Wald. Ich hatte Angst, gleich würde ein Fuchs oder ein Hase Opfer unserer halsbrecherischen Tour.

Parking Area stand über einer Lichtung. Wir stellten den Polo ab, stiegen rasch aus, um der quälenden Enge zu entkommen, wir hatten geschwitzt und froren nun in der Dunkelheit. Obwohl mehrere Autos auf der *Parking Area* abgestellt waren, brauchten wir eine Weile, bis wir die Trommeln hörten.

Dichter Nebel lag auf dem Waldweg, über den wir liefen, als stünde zwischen den Büschen eine Nebelmaschine, als wäre das alles hier inszeniert – unsere Suche, die genervte Verzweiflung, die plötzliche Kälte, das dumpfe Trommeln, die verlassenen Autos und jetzt eben der Nebel.

Wenn das mal gutgeht, wollte ich sagen, aber Simone und Eva gingen schnell, ihre Schlafsäcke und Taschen geschultert, ich musste mich beeilen, um mit ihnen Schritt zu halten, und sagte nichts.

Sie saßen am Feuer, nicht mehr viele, die meisten schliefen schon, hieß es, und die, die noch da waren, begrüßten uns wie alte Bekannte.

Ich saß da und spürte trotz des lodernden Feuers keine Wärme, ich wünschte uns wieder zurück in den Wagen, in die Intimität und den Schutz des Innern. Eva und Simone waren mir abhandengekommen, sie saßen neben den Unbekannten auf Steinen und Baumstümpfen, redeten und starrten ins Feuer. Sie alle bildeten eine Einheit, die sich ergibt, wenn Menschen zusammentreffen, die sich etwas zu sagen haben, die auf derselben Tonspur laufen, nur ich fand mich nicht zurecht. Ihr könnt in der Küche schlafen, bemerkte eine Frau, das Gemeinschaftszelt ist voll. Unter dem Tisch im Küchenzelt sei noch Platz, dort wären wir bei Regen geschützt, vor allem, wenn wir jetzt noch Hunger hätten, nach unserer Odyssee, da sei doch die Küche der sicherste Ort. Tatsächlich war die Küche nicht in einem Zelt untergebracht, es handelte sich um eine Plane, die sich über einen fetten Holztisch, eine Feuerstelle und einige Kisten spannte.

Das Gras war bereits nass von der Nacht. Ich hatte keine Vorstellung von der Gegend, in der wir uns befanden, ob die Bäume hoch oder schmal waren, ich konnte nicht einmal erahnen, wie weit die Lichtung reichte oder wie viele Menschen sich überhaupt auf diesem Platz befanden. Ich konnte sie allerdings hören, diese Menschen, das Rascheln eines Schlafsacks, der Reißverschluss eines Zeltstoffs, Husten, Lachen, Atmen. Ich spürte die Kälte des Waldes, sie senkte sich herab und schloss uns ein.

Die Kälte war es auch, die mich am nächsten Morgen weckte und über Nacht meine Knochen hatte steif werden lassen. Der Schlafsack war eine nasse Haut, aus der ich mich mühsam befreite. Als ich da am Boden lag, mich windend und drehend wie eine Schlange, sah ich sie.

Sie standen in einer Reihe, hielten sich an den Händen und lachten. Sechs, sieben nackte Männer waren es, sie hüpften, um ihre Füße spritzte der Tau. Es musste früher Morgen sein, die Stunde des Tages, der sich nur Verzweifelte oder Optimisten hingeben. Die Nackten kamen mir vor wie eine Erscheinung. Das Licht war verschwommen und barmherzig. Ich fragte mich, ob die hier einen Werbefilm drehten, das konnte ich mir nicht vorstellen, das passte nicht ins Bild, und über dieser Frage schlief ich wieder ein.

Ist das abgefahren hier, sagte Eva. Seit wir angekommen waren, trug sie die Haare offen. Ich hatte keine Haare, die ich offen tragen konnte, seit das mit Herbert und der Vespa vorbei war, trug ich kurz.

Natürlich war es anders, als ich es mir vorgestellt hatte. Die Leute waren alle ein bisschen netter, als ich erwartet hatte, und gleichzeitig verschlossener.

Warum seid ihr nicht ein paar Tage früher gekommen, fragte mich die Frau, die uns den Schlafplatz in der Küche angeboten hatte, es ist ja schon fast vorbei. Auch sie trug ihre langen Haare offen, es ging gar nicht anders, eigentlich besaß sie keine einzelnen Haare mehr, eher einen Filzhaarteppich, der auf ihren Rücken fiel. Sie verriet mir, dass sie Sybille hieß und eine Hexe sei, und sagte, ich könne noch ihren Workshop über Kräuter und ihre magische Wirkung besuchen, das sei auch der letzte Workshop, der noch stattfinde, dann hätte ich immerhin einen erlebt.

Ich sagte: Ja, das ist eine gute Idee. Dabei hatte ich keine Lust auf einen Workshop, über Küchenkräuter schon gar nicht. Eigentlich wollte ich am Feuer sitzen bleiben, neben Eva sitzen und dabei zuschauen, wie sie sich unterhielt, so ganz selbstverständlich, als wäre sie schon immer da gewesen, Eva eben.

Ich sagte, ich würde mitgehen, die Küchenkräuter erleben, und ich sagte das in der Hoffnung, dieses Gefühl wiederzufinden, das ich im Auto mit Eva und Simone gehabt hatte: dazuzugehören, Teil des Ganzen zu sein. Einen oder zwei mit Namen kennenlernen, dachte ich, kann nicht schaden. Ich schaute zu Eva hinüber, die jetzt einen Kaffee trank. Den Kaffee hatte ein Mann am offenen Feuer gekocht. Es war mehr ein Ritual als ein Kaffeekochen gewesen. Das Kaffeepulver, der Zucker, die Milch, alles kam nach und nach hinein in einer unglaublichen Genauigkeit. Ich staunte über seine Präzision, den Zucker wog er in der Hand, einmal, zweimal, schleuderte ihn dann direkt in das sprudelnde Kaffeegebräu. Gerne hätte ich den Kaffee probiert, doch es waren so viele Leute am Feuer, und der Topf war so klein.

Ich dachte daran, Eva um einen Schluck von ihrem Kaffee zu bitten, sie hatte sich wie selbstverständlich eine Tasse genommen, da stand Simone neben uns. Das Zelt lasse sich nicht aufbauen. Simone war kurz vorm Heulen, was keiner sah, das wussten nur Eva und ich. Wir wussten das, weil wir Simone kannten, schon lange kannten und erlebt hatten, dass sie immer so war, die Arme verschränkt und der Mund nur noch ein Strich, kurz bevor sie anfing zu heulen. Das sei schließlich ein Viermannzelt, da brauche es auch mehr Mann zum Aufbauen als nur einen. Ich sprang auf, rief: Eva, bleib sitzen, und eilte zum Zelt.

Die Lichtung war nicht groß, in der Mitte die Feuerstelle, vier Meter entfernt das Küchenzelt, bis zum Waldrand standen vereinzelt Zelte.

Die Stangen und Heringe lagen verstreut um die schlaff am Boden liegende Plane herum. Es dauerte lange, bis wir die Stangen in die Schlaufen sortiert und Unter- und Überzelt straff gespannt hatten. Wir waren immer noch damit beschäftigt, als die Hexe kam und mich zu ihrem Workshop rief. Ich konnte also nicht mehr zurück zu Eva an die Feuerstelle, um ihr zuzusehen und sie zu bewundern, wie sie da saß und einen Kaffee schlürfte, den ihr niemand angeboten hatte. Dafür ging jetzt Simone zum Feuer, und ich wusste, sie würde neben Eva sitzen, sich einklinken in Evas Gelassenheit, den einen oder anderen dieser abgefahrenen Menschen um uns herum kennenlernen, während ich mit dem Kräuterverein unterwegs war.

Und das war langweiliger als eine Museumsführung. Alle Teilnehmer hatten Erfahrungen in der Heilkunde, und jeder musste sie zum Besten geben. Schafgarbe sei gut für Frauenleiden, lernte ich, es war auch das Einzige, was ich mir auf diesem zähen Rundgang im Wald merken konnte. Glücklicherweise hatte der Himmel sich zugezogen und beendete mit einem Regenguss die Kräuterangelegenheit in wenigen Sekunden. Einige stürzten zurück auf die Lichtung, Hexe Sybille suchte Schutz unter dem Körper eines Workshopteilnehmers inmitten duftender Holunderbüsche, und ich blieb mit einigen anderen unter dem Blätterdach eines Baumes. Ich kannte mich nicht aus in Wald und Flur, und wie sich gezeigt hatte, langweilte mich das Thema Natur auch, selbst wenn es mir nicht im Lehrbuch, sondern zum Anfassen dargeboten wurde.

Die Tatsache, dass ich mir auf dem zweistündigen Rundgang nicht mehr als eine einzige mir bisher unbekannte Pflanze gemerkt hatte, stimmte mich nachdenklich. Für eine Weile vergaß ich Eva und die Feuerstelle und den Gedanken an das, was hier hätte anders sein müssen.

Als ich aufhörte, das Erlebte und meine Erwartungen auseinanderzusortieren, sprach mich einer der Heilkundigen an. Der Mann sagte etwas, das klang wie: Hallo, oder: Alles klar, oder vielleicht sogar: Guten Tag. Es war auch egal, aber irgendetwas an ihm, sei es das Belanglose seiner Worte, das eingefallene Gesicht oder etwas in seinen Augen, weckte mein Interesse. Der Unbekannte setzte sich neben mich auf den Stein unter dem Blätterdach. Wir glotzten dem Regen die Tropfen aus den Wolken, die Sonne kam zurück, wir entdeckten einen Regenbogen, einen sehr kleinen und zarten, aber einen Regenbogen immerhin, das alles war so ungemein spontan und verbindend, dass mir klarwurde: Hier geschieht Magie. Auf dem Stein mit dem schrumpeligen Mann neben mir kam ich mir vor wie eine Elfe. Ich dachte, vielleicht wirken die Pilze immer noch, lassen mich fühlen wie eine Elfe im Wald auf einem Stein neben einem Zwerg, der hoffentlich ein guter Zwerg ist. Ich hatte gehofft, dass ich so etwas erleben würde, irgendetwas mit Magie, seitdem Eva zu uns gesagt hatte, Mike Jonas sei ihr jetzt egal, und uns von den Pilzen erzählt hatte und von dieser Veranstaltung hier in der Lüneburger Heide, die sicher abgefahren sei, wie die Pilze auch und Mike Jonas nicht mehr. Gedacht hatte ich auch, dass dies vielleicht ein Hinweis war, wenn nicht sogar ein Wink des Schicksals, der mir weiterhelfen würde, mich aufklären, wie es weitergehen sollte mit mir und dem Leben, diesem Studium, das ich vor zwei Jahren nach dem Abitur angefangen hatte und das abzubrechen ich nun schon seit Monaten immer wieder und immer öfter plante. Nur wusste ich nicht, was dann kommen sollte. Dabei war mir das Ende der Schulzeit vorgekommen wie eine Erlösung. Abi 95, fand ich, das klang nach Tempo und Überholspur. Was man anfangen will, mit seinem Leben, hatte mein Vater bei meiner Einschulung gesagt, das sollte man spätestens beim Abi wissen. Ich hatte es nach der dreizehnten Klasse nicht gewusst, und auch nicht als ich mich für Deutsch und Geschichte auf Lehramt eingeschrieben hatte. Bis vor kurzem Eva Simone und mir von dem Glück auf Pilzen erzählt hatte.

Seitdem hatte ich gehofft, dass etwas passieren würde, etwas, das sich nicht erklären ließ, das ich mir nicht erklären musste. Etwas war passiert an dem Abend mit den Pilzen, wir lachten pausenlos wie Kinder, die sich gegenseitig kitzelten, Eva und ich und dann auch Simone, obwohl Simone die ganze Zeit behauptete, sie merke nichts. Spät in der Nacht lag ich allein in meinem Bett, und es hörte nicht auf sich zu drehen, das Bett oder das Zimmer, und Kurt Cobain an der Wand drehte sich mit. Irgendwann hatte ich keinen klaren Gedanken mehr im Kopf, nur noch den, dass es jetzt aufhören sollte, dieses Karussell, ich steckte mir den Finger in den Hals, rieb am Gaumen, aber die Pilze funktionieren nicht wie Alkohol, ich wusste aber auch nicht, wie sie denn sonst funktionieren, da kam diese Angst, dieses Gefühl von Ewigkeit, dass alles endlos dauern muss, es packte mich von hinten und hielt mich fest, bis ich endlich eingeschlafen war.

Ich entdeckte die Hand, als der Mann aufstand, um mit mir zu der Lichtung zurückzugehen. Gerade hatte ich ihn nach seinem Namen gefragt, er hatte Günther gesagt, ein Name, der mir viel zu banal klang in diesem Moment auf dem Stein, dem Moment der Elfen und Zwerge, dem magischen Schimmern in meinem Kopf, aber das sagte ich nicht, und jetzt war da diese Hand, die eigentlich keine Hand war, sondern ein formloses Gebilde, wie Krallen klebten da drei steife Finger am Arm.

Er musste meinen Blick bemerkt haben, denn er legte die andere Hand, die gesunde, auf seinen Arm, gerade so, dass die Krallen nicht verdeckt wurden, als wolle er sein Gebrechen nicht verbergen, sondern unterstreichen. Tatsächlich sah ich noch mal hin, nur um sicherzugehen, dass ich mich nicht geirrt hatte, dass die krallenähnliche Hand nicht auch eine Erscheinung war wie Elf und Zwerg, aber das war sie nicht, ich warf nur einen schnellen Blick darauf, den er nicht bemerkte, der aber so konzentriert war, dass ich alles sehen konnte, was ich sehen wollte, es reichte, um in mir einen Fluchtimpuls auszulösen, wie bei einem Tier, das Gefahr wittert, aber ich widerstand. Vielleicht widerstand ich deshalb, weil das frohe Gefühl, angesprochen, erreicht worden zu sein, stärker war. Es war ein Gefühl der Erleichterung – dass man sich auf Pilzen nicht zur Welt gehörig fühlen musste, vielleicht erlöste es einen gerade davon.

Sie könne ja auch mit dem Zug nach Berlin fahren, sagte Simone jetzt zum wiederholten Male. Es änderte nichts daran, dass Eva allein fahren wollte. Aber du hast doch nichts mit einem von denen, klagte Simone.

Eva schüttelte den Kopf und kniff die Lippen zusammen. Der Platz im Bus reicht nicht für alle, mehr hatte Eva nicht gesagt, mehr musste sie mir auch nicht sagen, denn dass wir auch stattdessen mit dem Polo nach Berlin fahren könnten, war ja ohnehin klar, doch dieser Gedanke schien Simone nicht zu kommen, vielleicht glaubte sie wirklich, ich würde lieber die Zeit mit Günther in seiner Wagenburg irgendwo im Wendland verbringen, als mit Eva und den Berlinern ein Haus in der Hauptstadt zu besetzen. Dabei war Eva eindeutig anzusehen, dass sie ohne uns fahren wollte, es war ihr an den spitzen Schultern anzusehen, die sie weit nach vorne bog, es war in ihrem Blick zu lesen, den sie, während sie mit uns über die noch übrigen drei Tage unserer Reise sprach, überall hin richtete, nur nicht auf uns.

Sicher waren zwei Nächte in einer Wagenburg im Wendland weniger aufregend, als ein Haus in Berlin zu besetzen, aber die Berliner hatten weder Simone eingeladen noch mich, sondern nur Eva. Auch besaß ich keine klare Vorstellung, wer die Berliner waren, da war eine Frau mit kurzen verfilzten Haaren, ein Mann mit Irokesenschnitt und Tätowierung im Nacken, Umrisse waren es, die mir in den letzten Stunden begegnet waren. Tatsächlich hatte auf diesem Festival für mich nichts an Kontur gewonnen, alles war nach wie vor in dieses seltsame Weichmacherlicht getaucht, wie die hüpfenden nackten Männer am ersten Morgen, von denen ich immer noch nicht wusste, ob es sie wirklich gegeben hatte, vielleicht konnte ich Günther nach ihnen fragen, im Gegensatz zu den Berlinern hatte er auch meine Freundinnen eingeladen, ich betonte das, als wir das Zelt abbauten, vielleicht auch nur, um Simone zu trösten, die missmutig die Heringe aus dem Boden riss. Doch Eva reagierte nicht darauf, sie überhörte meine Bemerkung einfach, wie sie Simones bittende Zeichen übersah. Wir würden uns dann zu Hause wieder sehen, und der Polo, der müsse pünktlich am Montagmorgen bei ihrer Mutter vor der Tür stehen, erklärte Eva, vorher noch aussaugen und die Fenster putzen, das könnten wir ja schnell an einer Tankstelle machen. Es kam mir widersinnig vor, allein mit dem Polo weiterzufahren, allein mit Günther und Simone, das Auto zu putzen ohne Eva, und es ihrer Mutter pünktlich vor die Tür zu stellen, damit diese dann zur Arbeit fahren konnte, um hinter einem Schalter in Niederkassel Kunden zu bedienen, während ihre Tochter in Berlin ein Haus besetzte, weil es dort nicht genügend bezahlbaren Wohnraum gab für alle und man etwas unternehmen musste.

Etwas musste unternommen werden, darin waren sich hier alle einig gewesen, auf dieser Waldlichtung in der Lüneburger Heide. Günther hatte mich beschworen, einmal gemeinsam mit ihm Pilze zu essen. Die schmiert man sich nicht aufs Butterbrot, hatte er gesagt, das geht nur mit Anleitung. Es gibt sie nicht auf Rezept, hatte Günther gesagt und sich mit der gesunden Hand die linke Kralle gestreichelt.

Etwas musste unternommen werden, das war allen auf dieser Veranstaltung klar gewesen, es wurde an allen Workshops festgestellt, bei Massage, Schwitzhütte, Trommeln, Wiedergeburt, Tai-Chi, Kräuterkunde, bei allem, was einem helfen konnte, die Türen der Wahrnehmung zu öffnen. Als ein Junge am Abend erwähnte, er sei gerade in der Ausbildung zum Inspektionskaufmann, seufzten alle, die gerade am Feuer saßen und dem Jungen zuhörten, so etwas wie Inspektionskaufmann hat ja nichts mit Bewusstsein zu tun, aber jetzt, erklärte der Junge, jetzt würde alles anders, jetzt war er ja hier gewesen, hatte so wunderbare Menschen getroffen, jetzt könnte auch von ihm mal etwas unternommen werden. Auch die Berliner hatten beschlossen, etwas zu unternehmen in ihrer Stadt, ihre Mieten waren schon lange zu teuer, das gehe sicherlich vielen so, wenn sie jetzt nicht etwas unternahmen, wann dann. Einer hatte sich an das leerstehende Gebäude erinnert, in dem irgendeine Abteilung untergebracht und dann umgezogen war, es war Zeit, etwas zu unternehmen, einen Knopf zu machen im Ablauf der Geschichte, einen Knopf, der im Fluss der Zeit steckenbleibt. Eva hatte ihr langes Haar geschüttelt und auch gesagt, da müsse man etwas unternehmen, also hatten die Berliner gerufen, sie solle mitkommen, denn dass Eva kompetent war und bei einer Hausbesetzung hilfreich, das konnte man schon daran sehen, dass sie mit beiden Beinen auf dem Boden stand, ihr langes Haar nur dann schüttelte, wenn sie oder jemand anderes etwas von Bedeutung sagte, bei belanglosen Sätzen, die etwa vom Wetter handelten und dabei nicht die Klimaverschiebung oder das Ozonloch thematisierten, hätte Eva niemals ihre langen Haare geschüttelt.

Es war ja auch einzusehen, dass so zurückhaltende und eher beobachtende Menschen wie ich nicht hilfreich bei einer Hausbesetzung in der Hauptstadt sein konnten, deswegen hatte ich auch schnell genickt, als Günther mich flüsternd fragte, ob ich nicht danach noch mit zu ihm kommen wolle, um seine Wagenburg anzusehen.

Da waren Wagen, aber bestimmt keine Burg. Vier umgebaute Bauwagen standen einsam auf einem Acker in der Landschaft herum. Von den vier Wagen war einer unbewohnt, denn sein Besitzer befand sich auf Weltreise und hatte ihn zur Sicherheit hier abgestellt. In einem anderen lebte eine alleinerziehende Mutter mit zwei Kindern, die Kinder konnten, obwohl sie das Schulalter erreicht hatten, kaum sprechen. Im dritten Wagen wohnte ein Mann, der bei einer Demo einen Polizeiknüppel auf den Schädel bekommen hatte und seither verwirrt war und selbst bei den vier Wagen nie genau wusste, welcher jetzt ihm gehörte. Der letzte Wagen gehörte Günther, laut ihm war es der schönste und bequemste, denn wenn man schon unter Entbehrung jeglicher Zivilisation lebt, dann kann man sich wenigstens etwas Komfort leisten, fand Günther, deswegen hatte er den tragbaren Fernseher auch nur angeschafft, um die Länderspiele verfolgen zu können.

Die werden schon kommen, antwortete Günther, als Simone ihn fragte, ob nicht mehr Leute hier auf dem Acker leben sollten, alles sei so weit und so leer. Günther sah uns an und nickte langsam.

Die Sterne bewegten sich nicht. Sie zuckten nicht mal. In der Nacht, als Günther mir die Pilze gab, blieb der Himmel stumm und starr wie eine in Hieroglyphen geschriebene Prophezeiung. Es waren getrocknete Pilze, die Günther in einem Einmachglas unter der Spüle aufbewahrte. Auch Simone nahm Pilze, schlief aber sofort ein oder tat, als würde sie schlafen, doch das erfuhr ich erst später, als

Günther bereits aus meinem Leben verschwunden war, ohne eine Spur zu hinterlassen.

Explosionen finden am Himmel statt, wenn du mit mir Pilze nimmst, hatte Günther auf dem Festival gesagt, du wirst Bewegungen im Universum wahrnehmen, die kein Forscher durch seine Messapparate jemals bestimmen kann. Wir standen an dem kleinen Fenster des Bauwagens, die Luft war angenehm kühl, der Nachthimmel blieb so dunkel und stumm wie immer. Wo bleiben die Explosionen, rief ich. Günther sagte, ich dürfe nicht ungeduldig sein. Ungeduld zahlt sich nicht aus im Leben, erklärte er. Dann erzählte er mir von Indien, wo er seine Ungeduld abtrainiert bekommen habe wie ein Hund. In hohen Tönen beschrieb er ein Kloster im Himalaja, das ich mir vorstellte wie einen Eispalast, überhaupt geriet ich in Sektlaune mit Günthers Pilzen im Bauch, von denen ich nicht mehr spürte als ein angenehmes belebendes Prickeln.

Ich will nach Indien, sagte ich, jetzt und sofort. Günther meinte, dass ich jetzt Carlos Castaneda sei und er der Schamane, ich solle denken, ich sei ein Hund. Ja, sagte Günther, fühl dich wie ein Hund, hechle mal so. Ich schrie wie eine Katze. Jetzt, rief Günther, hat sich das Universum bewegt. Tatsächlich waren auch Günther die Pilze nicht anzumerken, höchstens seine Stimme wurde ein bisschen sprudelnder, sein Körper schien sich aus der Versteinerung zu lösen, in die ihn diese steife Hand zwang. Er unterließ es auch, ständig über seine Kralle zu streicheln, was er sonst in regelmäßigen Abständen tat, ganz so, als müsse er ihre Existenz betonen und wolle mit dem ständigen Streicheln die Unbeweglichkeit seiner verkrüppelten Hand in den ganzen Körper aufnehmen.

Stattdessen war ich es, die jetzt nach seiner Kralle griff, er hatte sie für eine Weile auf dem Fensterbrett vergessen, ich knetete das Knochenstück, um das sich die Haut straff spannte, um auszuprobieren, ob sie nicht doch beweglich werden könnte, wenn ich nur fest und lang genug knetete. Ich sah die Verzückung in Günthers Augen, das Entgleiten seiner Pupillen in alle Himmelsrichtungen, als wäre es nicht die steife Hand, sondern sein Schwanz, den ich mit beiden Händen gleichmäßig massierte.

Die Kralle wurde nicht beweglicher, aber Günther redseliger. Dass Menschen plötzlich an Bedeutung gewinnen oder verlieren könnten, sagte er, Menschen, von denen man das nicht ahne. Er verriet mir, dass dieses Kloster und der Mönch, der so hart zu ihm gewesen war, sein Leben gerettet hätten, viele tausend Kilometer von Indien, vom Himalaja entfernt, auf einer deutschen Landstraße sei es gewesen, unglaublich, aber wahr, und er, Günther, habe das noch niemandem erzählt, auch nicht den Ärzten in der Klinik nach dem Unfall, und je mehr er erzählte, umso schneller massierte ich den Knochen zwischen meinen Fingern, bei dem es eigentlich nichts mehr zu massieren gab.

Er sei, erzählte Günther, bei einer Frau mitgefahren, die er nicht kannte. So sei das eben beim Trampen, man steige zu jemandem ins Auto, der einem unbekannt ist, und man tue es nur, weil der Mensch eben ein Auto hat und in die richtige Richtung fährt, so begegne man sich schließlich immer im Leben, zufällig, dieselbe Richtung einschlagend. Für diese Frau sei es aber die falsche Richtung gewesen, denn wenn sie in eine andere Richtung gefahren wäre oder zumindest nicht angehalten hätte, um ihn, Günther, damals noch mit zwei gesunden Händen, mitzunehmen, dann wäre sie heute noch unter den Lebenden. Ja, sagte Günther und zog die Kralle aus meinem Klammergriff, ich war ihr Totengräber. Ich glaubte, er müsse jetzt anfangen zu weinen und zu schreien wie ein Säugling, der zurück will an die Mutterbrust, stattdessen legte er sehr ruhig die kaputte Hand zurück auf die Fensterbank. Als die Frau mit ihm weitergefahren sei, habe er das Kloster vor sich gesehen, das Portal des Klosters, die Gebetsmühlen, und die Stimme seines Meisters gehört, der auf ihn eingeredet habe, so habe er der Frau nicht folgen können, die irgendetwas über die Beschaffenheit der Landstraße oder die Straßenbeschilderung gesagt habe, er wusste es nicht, denn der Mönch habe ihm befohlen, sich zu bücken, direkt bevor der Laster auf der Spur neben ihnen, als sie schon fast vorbei waren, ausscherte und ihnen seine Ladung Metallstangen durchs Fenster jagte.

Ohne seine Warnung hätte er keine Chance gehabt, meinte Günther. Die Verknüpfungen zwischen Sehnerv, Gehirn und Muskelreaktion wäre niemals in dieser Geschwindigkeit zu überwinden gewesen. Seine Hand, die sei auch noch Beweis dafür, denn er habe den Arm hochgerissen, um die Frau neben sich aus der Schusslinie des Todes zu ziehen. Was sinnlos war, denn wenn man eine Gefahr kommen sieht, ist sie doch eigentlich schon da, das war auch bei der Titanic so, sagte Günther, und es war ihm anzusehen, dass er sich mit der Titanic tröstete und mit seinem indischen Meister, der ihn gewarnt hatte. Eine Weile starrten wir noch in den Nachthimmel, ohne auf Sterne zu achten, doch jetzt wusste ich auch nichts mehr zu sagen. Als ich hinausging, um noch einmal ins Gras neben Günthers Bauwagen zu pinkeln, sagte er: Danke. Und hielt die steife Hand hoch.

Simone hatte nicht schlafen können, also nur so getan. Ich habe euch zugehört, erklärte sie mir am nächsten Morgen, als wir unser Gepäck zum Polo brachten, es war so anstrengend, nicht laut zu heulen, aber ich konnte den ganzen Abend nicht anders als heulen, und ich hatte so Angst, dass dieser Typ das mitbekommt und dann mit mir reden will. Ich dachte, das wäre vielleicht einfacher gewesen für alle Beteiligten, aber ich sagte nichts. Und dass sie erst habe schlafen können, als ich neben ihr lag, fügte Simone noch hinzu. Ein schlimmer Abend für sie, gut, dass wir jetzt wegfuhren, schnell weg von dieser Wagenburg im Wendland.

Das war das, sagte ich dann noch zu Simone, als wir endlich auf der Autobahn waren und einen sicheren Platz mit dem Polo auf der rechten Spur erobert hatten, das war das mit den Pilzen. Ne, antwortete Simone, das war das mit Mike Jonas. Mal sehen, sagte ich und gab Gas.

2 Die Stimme am Telefon klang nach Eva, schweigsamer vielleicht, denn sie antwortete nicht auf meine Frage, wie es denn gewesen sei in Berlin. Als wir uns später mit Simone im Café trafen, sah sie auch aus wie Eva, sie hatte auch den ihr eigenen intensiven Geruch nach Moschus, um den ich sie schon immer beneidete, sie sprach wie Eva und klimperte wie sie hin und wieder nervös mit den Augenlidern. Aber sie schüttelte nicht ihre Haare wie Eva. Diese Eva, endlich zurück aus Berlin, trug die Haare jetzt kurz wie Streichhölzer. Was hast du denn mit deinen Haaren gemacht? Diese Eva antwortete nicht, sie senkte nur den Kopf, damit wir das Stoppelfeld auf ihrem Schädel besser betrachten konnten.

Ob da wieder was mit Mike Jonas sei, wollte Simone wissen, da lachte Eva laut, es klang wie ein fröhliches Stöhnen, und das hieß: Der konnte sie mal, der Mike Jonas, und da war ich mir doch sicher, dass es unsere Eva war, die da saß, auch wenn ihre Haare so waren, wie die alte Eva sie niemals hatte haben wollte.

Bist du verrückt?, hatte sie zu mir gesagt, als ich erwähnte, dass ich zum Frisör gehen wollte, um mir die Haare richtig kurz schneiden zu lassen, denn da hingen noch die Liebkosungen von Herbert an den Haarspitzen, und auch der Wind war noch da, der auf der Vespa hindurchgebraust war, während ich die Arme fest um Herberts Bauch geschlungen hatte. Die Haare ließ ich mir bis zu den Ohren abschneiden, Helmlänge, und beim Blick in den Spiegel saß die Erinnerung an Herbert wie ein hohles Echo in meinem Kopf.

Jetzt war es Eva, die ihre Haare abgeschnitten hatte, aber sie sagte nichts dazu. Wir tranken einen Milchkaffee, wir tranken zwei Milchkaffees und redeten über die Menschen um uns herum, Simone erzählte von der Nacht bei Günther und dass sie jetzt keine Pilze mehr nehmen würde, nur noch Hasch rauchen, auch kein Bier mehr, Hasch sei einfacher, sagte Simone. Aber nicht billiger, wandte ich ein. Tatsächlich sind Pilze die billigsten Mittel der Bewusstseinserweiterung, dozierte ich, obwohl ich nicht wusste, ob ich sie noch einmal nehmen wollte, denn viel war bislang nicht passiert, weder Glück noch Abgrund, und eigentlich war ich froh darüber.

Gab es in Berlin auch Pilze?, fragte ich Eva, aber sie ließ sich nicht überrumpeln, zuckte nur mit den Schultern. Sie wollte uns nicht einmal sagen, wie sie von Berlin nach Bonn gekommen war. Ich bin eben da, sagte sie.

An diesem Abend fragte ich meinen Vater, ob da was passiert sei in der letzten Woche, irgendwas in den Nachrichten, ein besetztes Haus in Berlin vielleicht, Demonstrationen, ein entführter Wirtschaftsboss, aber mein Vater wusste nichts davon, aber das mit den Hertie-Aktien, das sei schlimm gewesen, das könne ich mir nicht vorstellen, was er da verloren habe, und ich müsste mich beeilen, wenn ich noch fertig studieren wolle, das mit den Aktien laufe extrem schlecht. Ex-trem, sagte mein Vater und betonte bedeutungsschwer die einzelnen Silben. Ich fragte nicht weiter, weder Eva noch meinen Vater, ich versuchte Berlin zu vergessen, was mir nicht schwerfiel, denn auch an Günther konnte ich mich kaum erinnern, er war belanglos geblieben wie die ersten Worte, die er an mich gerichtet hatte. Nur dass Eva jetzt häufiger schwieg, einfach nur vor sich hin starrte, nur das beeindruckte mich und blieb in meiner Erinnerung haften.

Die Pilze begleiteten uns, sie waren Treibgut, das hin und wieder ans Ufer gespült wird, und Mike Jonas tauchte wieder auf, denn Mike Jonas war bereits auf dem Weg nach Indien gewesen, was uns sehr recht gewesen war, denn mehr als die Pilze und das Hippiefestival hatte Mike Jonas uns nicht gebracht. Doch bis nach Indien war Mike Jonas nicht gekommen, eine schreckliche Grippe hatte ihn aufgehalten, an der türkisch-syrischen Grenze. Genau an dem Tag, als er sie überqueren wollte, konnte er nicht mehr aufstehen, musste sich eine Woche lang von einem anatolischen Heiler mit übelriechenden Salben einreiben lassen, bis er fähig war, sich in den nächsten Bus nach Hause zu setzen. Das war nur ein Vorgeschmack auf Indien, erklärte er mir grinsend im Vorzimmer eines Arztes. Ihn habe ganz plötzlich ein Schwindel erfasst, so dass er sich platt auf den Boden legen musste und ganz flach atmen, damit ihn die Welle der Wahrnehmungsverschiebung nicht mit sich riss.

Eigentlich wollten alle weg, egal wohin, Hauptsache raus aus dem Ort, an dem man schon so lange war, der einem so bekannt und öde schien, dass man die Fassaden der Häuser mit geschlossenen Augen nachzeichnen konnte. In einem R4 kann man auch wohnen, fand Eva, sie wollte nach Spanien fahren und dann nach Marokko. Nach Indien reisen, meinte Eva, das sei doch nicht besser als Urlaub in Mallorca, das mache heute jeder. Eva nicht.

Dass ich mich da, wo ich war, eigentlich ganz wohl fühlte, wagte ich nicht zu sagen, nicht meinen Eltern, die mich schon nicht mehr fragten, ob und wann denn meine Seminare in der Uni stattfänden, nicht Eva, die sowieso jeden unnormal fand, der nicht möglichst schnell und möglichst weit weg wollte, nicht Mike Jonas, der von der Grenze redete und dass er sie doch noch irgendwann überschreiten werde und dann nur mit einem Piccolo im Ärmel.

Ist mir doch egal, was die Islamisten sagen, meinte Mike Jonas, da wurde er von der Sprechstundenhilfe ins Behandlungszimmer gewinkt. Während er auf die Tür zuging, sah ich, dass er eine schwarze Lederhose trug, genau wie Kurt Cobain auf meinem Poster, und da drehte er sich doch noch nach mir um. Man kann sich ja mal wieder treffen, sagte er in die abgestandene Luft des Wartezimmers hinein, dann verschwand er in die Obhut des Arztes, der seine Brust abhörte und dabei seinem Herzschlag lauschen durfte.

Auch das EKG brachte keine Ergebnisse. Ihnen kann nicht schwindelig sein, sagte der Arzt und schickte mich nach Hause. Auf dem Heimweg dachte ich daran, mit dem Rad bei Mike Jonas vorbeizuschauen, schließlich hatte er unzweifelhaft mich gemeint, und es wäre also nur logisch, ihn zu besuchen, mal reinschauen und fragen, wie es denn so geht, was die Grenze macht und der Husten. Ein grimmiger Regen kam dazwischen, es schüttete wie aus Kübeln und machte meinen Plan zunichte.

Zwei Tage später saßen wir in Evas Wohngemeinschaftszimmer auf dem Fußboden, tranken Tee und knabberten Kekse. In einer Ecke verströmte ein Räucherstäbchen seinen Duft. Die Kekse stammten von Evas Familie, die sie oft besuchte: Evas Mutter und Großmutter und die zwei kleinen Geschwister, einen Vater gab es nicht mehr. Und Eva aß die Kekse dann meist alleine auf, was sie hinterher schrecklich fand, denn sie wollte um keinen Preis dick sein, nicht dicker als jetzt, schließlich hatte sie eine Hilfskraftstelle am philosophischen Institut, also eine Vorbildfunktion für Studenten. Deswegen bot sie uns ihre süßen Sachen an, nur ihre Äpfel und Orangen, die sie sich selber kaufte, die bot sie uns nicht an, die machten auch nicht dick. Eine Banane hat ungefähr sechzig Kalorien, das hatte ich nachgelesen, denn auch ich wollte nicht dicker werden, aber ich musste immer von Evas Keksen essen, die so wahnsinnig gut schmeckten.

Ich sah Eva an, die mit einem Keks in ihrer Teetasse spielte, der Keks sog sich voll, Eva saugte daran, damit der Keks länger hielt, der süße Geschmack sich um die Zunge legte, ich sah Eva an, als erwartete ich eine Antwort von ihr, ein Urteil vielleicht.

Das Räucherstäbchen qualmte aus seiner Ecke heraus, schickte immer dichtere Schwaden durch den Raum, und mir wurde schlecht. Anarchos sind Faschos, dozierte Eva, und dass sie nicht wisse, wie die etwas bewegen wollten mit ihrem sinnlosen Gebrüll. Das sei eine destruktive Haltung und so weiter, und wir täten gut daran, einen anderen Weg zu wählen. Ich sagte, klar, das sehe ich ein, und auch Simone sagte, klar, dem stimme sie zu.

Dass mit Mike Jonas etwas passieren würde, war so gut wie sicher, denn Mike Jonas trug nicht nur Lederhosen wie Kurt Cobain, sondern sah darin noch genauer aus wie Kurt Cobain, seine Haare fielen flockig blond bis auf die Schultern, außerdem war Cobain im April gestorben, Mike Jonas aber hatte seine Grippe überlebt und war unzweifelhaft am Leben, und er hatte mir im Wartezimmer zwei Sekunden zu lang in die Augen gesehen. Als wir uns wiedersahen, liefen wir beide mehr oder weniger ziellos auf der Straße herum, es war fast Mitternacht, und jeder von uns behauptete, er sei auf dem Heimweg, und erst wollten wir einfach ein paar Schritte gemeinsam gehen, es spielte keine Rolle, dass Mike Jonas in eine andere Richtung musste. Kurz darauf bekamen wir Durst – keinen gewöhnlichen Durst, eher war es eine rauschhafte Gier, die uns in die nächste Kneipe trieb. Als der vierte Wein vor uns stand, meinte Mike Jonas: Ich trinke gerade meine Potenz. Spätestens da war mir klar, dass dies eine sehr besondere Nacht werden würde.

Es gibt Dinge, von denen zehrt man sein ganzes Leben, das hatte einmal meine Mutter gesagt, mehr zu sich selbst als zu uns, ihrer Familie, die mit am Tisch saß, und sie fügte hinzu, dass einem die Liebe vielleicht nur sehr kurz und nur einmal im ganzen Leben begegnen könne, und dass man hinschauen und zupacken müsse, und dabei schaute sie meinen Vater an, der auf seinen Teller starrte, auf dem eine große Portion Salat lag, und gerade dabei war, die Rosinen an den Tellerrand zu schieben, mit denen meine Mutter jeden Salat dekorierte, obwohl sie wusste, dass er Rosinen nicht ausstehen konnte. So beschäftigt war er mit seinen Rosinen, dass er meiner Mutter nicht antwortete oder ihr auch nur einen Augenblick lang in die Augen sah.

In der Nacht mit Mike Jonas fiel mir die Bemerkung meiner Mutter ein, über die Liebe und die Dinge, von denen man ein Leben lang zehrt, aber ich wagte nicht, Mike Jonas zu fragen, ob auch er fand, dass diese Nacht so ein Ding sei, denn ich hatte Angst vor den Rosinen.

Mike Jonas sagte, er müsste den Ort noch finden, an dem er gedeihen könne. Hier sei er eine Pflanze, dazu verdammt, auszutrocknen oder zu ersaufen, er sei sich da noch nicht sicher, wie er das nennen solle, was hier geschah, jedenfalls sei das der Grund, warum er nach Indien wolle, denn er wisse noch nicht, wem er seine Seele anvertrauen solle, dem Buddha oder Allah, er finde beide gut, doch wie das auf Erden mit den beiden sei, da müsse er noch mal genau hinschauen, und deswegen reise er nach Indien, bald, wenn das wieder besser sei mit den Bronchien, und Mike Jonas begann zu husten, kurz bevor er mich bat zu gehen, er müsse jetzt schlafen, und das könne er nicht, wenn ich so daläge und ihn anstarre, seine Hand in meiner fest zusammendrücke, da würde ihm der Schlaf nicht kommen, das könne ich sicher verstehen. Ich verstand, und als ich mich erhob und seine Hand losließ, drehte er sich sofort zur Wand. Ich hoffte noch bis zur Tür, dass Mike Jonas mir seinen Schlüssel anvertrauen würde oder wenigstens rufen, dass dieser immer unter der Fußmatte liege und ich doch wiederkommen solle. Als ich die Tür hinter mir schließen wollte, sah ich, dass sein Schlüssel noch außen im Schloss steckte. Ich zog ihn ab und nahm ihn mit.

Der Schlüssel hing an einem Band um meinen Hals, und immer, wenn ich Eva und Simone traf, ließ ich ihn vorher im Ausschnitt verschwinden. Nach zwei Wochen rief Mike Jonas mich an. Ich hatte deine Telefonnummer nicht, sagte er. Von dem Schlüssel sagte ich nichts, und auch er sagte nichts, obwohl ich das erwartet hatte. Mike Jonas wollte mich sehen, und zwar sofort. Am Abend war ich mit Simone und Eva zum Kino verabredet. Macht nichts, sagte Mike Jonas, da komme ich mit.

Den Hörer noch in der Hand, konnte ich das Ziehen im Bauch spüren, alles kommt in Ordnung, sagte ich mir, es ist der einfachste Weg, kein Versteckspielen mehr.

Ich brauchte ewig, um mich anzuziehen und vorzubereiten. Die Haare wusch ich mir zweimal, um den Haarspray, das Gel oder Glitzerzeug, das ich gerade hineingearbeitet hatte, wieder herauszubekommen. Ich zog einen Minirock an und wieder aus. Eva hatte lange Beine. Ich zog ein gestreiftes Hemd an und wieder aus und wieder an. Eva hatte ein schmales Gesicht. Ein winziges Muttermal unter dem rechten Auge verlieh ihrem Aussehen eine beeindruckende Zartheit. Ich schminkte mir die Augen grün, dann rosa, ich versuchte den Lidstrich auf Siebzigerjahre, meinen Lippen verpasste ich Ochsenblutrot. Schließlich wischte ich mir alle Farbe aus dem Gesicht, zog ein blaues Baumwollkleid an und ging mit nassen Haaren endlich los.

So stand ich dann vor dem Kino und war mir sicher, dass Eva und Simone schon drin waren und Mike Jonas weg. Ich stand da, hielt unschlüssig die Karte in der Hand, da sah ich sie um die Ecke kommen. Mike Jonas eingerahmt von Simone und Eva.

Ich brauchte nicht viel zu sagen, das übernahm Mike Jonas. Er saß zwischen Eva und Simone, verteilte Popcorn und lachte so laut, dass sich in der Reihe vor uns zwei Köpfe umdrehten. Ich saß neben Simone, bemühte mich vergeblich, mit vorgebeugtem Oberkörper am Geschehen teilzunehmen, und fragte mich, wieso Mike Jonas mit Eva nicht mehr konnte, oder warum Eva jetzt so gut mit Mike Jonas konnte, warum der Kerl um Gottes willen nicht seinem Fieber an der türkisch-syrischen Grenze erlegen war. Am Ende des Films knuffte mich Simone in die Seite, ich schaute in die Richtung ihres Nickens und erkannte die Köpfe von Eva und Mike Jonas, die aneinanderhingen wie Magnetkugeln.

Das war das mit Mike Jonas, sagte ich und spürte das warme Metall des Schlüssels auf meiner Brust.

Eva aus dem Weg zu gehen, fiel mir in den nächsten Wochen nicht schwer, denn sie meldete sich nicht, weder bei mir noch bei Simone. Simone und ich gingen ins Café ohne Eva, redeten über mein Studium und über Simones Arbeit als Krankengymnastin, wir liefen durch die Stadt, alles ohne Eva. Kurz, wir gaben uns Mühe, auch ohne Eva mit unserem Leben zufrieden zu sein.

Und es gelang: Ich lernte, dass man aus seinem Trott aussteigen, mit seinen Gewohnheiten brechen kann, so wie auch Eva uns nicht mehr zum Tee in ihr vom Räucherstäbchenrauch verqualmtes WG-Zimmer einlud, um uns mit ihren überflüssigen Keksen zu füttern, Traditionen lassen sich beenden, das wurde mir klar, es musste nur etwas geschehen, das den Alltag aus den Angeln hob. Der Schlüssel von Mike Jonas baumelte an meinem Hals und schob mir das Ende des Bisherigen ständig ins Bewusstsein, was so beruhigend wie beunruhigend war, denn der Schlüssel, der in regelmäßigen Abständen statt Mike Jonas über die Ansätze meines Busens strich, war wie eine Botschaft, die ich nicht entschlüsseln konnte.

Simone konnte sieben Stunden am Stück in ihrem Zimmer sitzen und eine Hose nähen, zwischendurch die Naht mehrmals auftrennen, wenn sie nicht so verlief, wie sie sich das vorgestellt hatte, und sie konnte das, ohne dabei verrückt zu werden. Simone konnte an einem Abend eine Mütze stricken, für sich, und am nächsten Abend noch eine für mich und spät in der Nacht noch eine für Eva, ohne dass ihr langweilig wurde. Das ist Meditation für mich, erklärte Simone. Wir alle sollten warme Ohren haben. Das waren schöne Mützen, die Simone strickte, für jeden eine in zwei Farben, in Rot und Grün, Blau und Gelb, Weiß und Schwarz.

Simone nähte und strickte, der Winter konnte kommen. Simone, fragte ich, findest du es nicht seltsam, dass sich Eva nicht mehr mit uns trifft? Simone zupfte die Nadel aus dem Hosenstoff, strich über die Naht und antwortete, dass Eva keine Zeit habe, schließlich sei Eva jetzt wieder mit Mike Jonas zusammen, und es laufe besser als das letzte Mal, und so sei es eben. Hat sie denn seinen Schlüssel wieder?, fragte ich und fasste mir an den Hals. Mit den Zähnen biss Simone den Faden von der Rolle, leckte über sein Ende, um ihn durch das Nadelöhr zu ziehen. Sie zuckte mit den Schultern, sie sah mich nicht an. Was heißt das schon, einen Schlüssel haben, meinte sie, den habe ja auch Biene gehabt, Eva sei doch nicht blöd. Was heißt das schon, etwas oder jemanden in seinem Besitz zu haben. Simone stach in den Hosenstoff, und es fühlte sich an, als wäre ich ein Teil dieses Stoffs, der von Simone mit Stichen und Nähten versorgt wurde.

Ich war der Faden, der nicht mehr hielt. Auf den Straßen klebte bereits der Schatten des Herbstes, Regentropfen fielen mir ins Gesicht. Diese Tage zwischen den Jahreszeiten, die gibt es nur hier, sagte ich mir, genau in diesen Breitengraden, die gibt es nirgendwo sonst, das ist doch ein Grund zu bleiben, und mit diesem Gedanken fragte ich mich plötzlich, ob Eva und Mike Jonas jetzt zusammen auf Weltreise gehen würden, damit Mike Jonas nicht wieder sein Fieber bekäme, und ob sie zusammen nach Indien oder Marokko reisten, und obwohl es nicht die Frage war, um die es eigentlich ging, zählte ich mir ständig die Argumente für und gegen mögliche Antworten auf, als läge das alles in der Macht meiner Entscheidung. Tatsächlich war eine Entscheidung längst ohne mich gefallen.

Sicher, mit Herbert, auch da hatte es sich angefühlt, als sei es Liebe, hinten auf seiner Vespa auf den Feldwegen zwischen Roggen und Weizen. Es hatte im Bauch gekribbelt, im Kopf gesummt, und wenn mein Kopf an seiner Schulter lag, dann konnte ich spüren, dass die kleine Kuhle zwischen Schlüsselbein und Schultergelenk genau für die Maße meines Kopfumfangs gemacht war, und was sonst wäre ein Zeichen, dass man zusammengehört, sei es auch nur für einige Wochen, zusammen wie Herbert und ich.

Doch dann war es mit Herbert vorbei, ich ließ mir die Haare abschneiden, und irgendwann kratzte nichts mehr in den Eingeweiden herum, wenn ich ihm auf der Straße begegnete, mir wurde nicht mehr heiß und kalt, ich konnte sogar die Hand heben, Herbert ein freundliches Hallo zurufen, es war gut so, es war vorbei.

Das mit Mike Jonas war schneller gewesen, und es war kürzer und vielleicht heftiger und mit Sicherheit schöner. Nicht dass mir der Kerl nicht aus dem Kopf ging, er saß dummerweise viel tiefer, in mir war etwas angestoßen worden, über das ich keine Kontrolle mehr hatte. Es hämmerte, es klopfte und klagte. Die Haare waren schon kurz, die Nägel hatte ich abgekaut, es gab an meinem Körper nichts mehr, was ich hätte kürzen können.

Der Schlüssel hing mir am Hals, verbarg sich unter meinen Kleidern, wie sich die Sehnsucht unter meiner Haut verbarg, und ich konnte den Schlüssel nicht ablegen, denn wenn ich ihn ablegte, das hatte ich bereits mehrfach versucht, konnte ich nicht einschlafen, und wenn ich nicht einschlafen konnte, dann fragte ich mich, ob Eva jetzt bei Mike Jonas war oder Mike Jonas bei Eva und ob sie schon über mich geredet hatten. Ob Mike Jonas Eva gebeichtet hatte, was zwischen ihm und mir geschehen war, und bei der Vorstellung, dass er es ihr erzählt hatte, bekam ich Schweißausbrüche, denn ich stellte mir eine entrüstete Eva vor, die sagt, wie konnte Anne nur, oder, schlimmer noch, eine lachende Eva, die schallend rief, was denkt sich Anne, du mit ihr? Aber größer noch war eine Angst, die sich Nacht für Nacht zur Panik steigerte, dass Mike Jonas es Eva nicht erzählte, dass er nichts sagte von ihm und von mir, von uns, weil er der Ansicht war, dass es da nichts zu erzählen gab. Und in diesen Nächten konnte ich nur einschlafen wegen des Schlüssels an meiner Brust und weil ich ihn nicht losließ, weil ich den Schlüssel fest mit der Faust umschlossen hielt.

Ich war verliebt gewesen, ich war unglücklich gewesen. Ich hatte mit Simone und Eva geredet, und irgendwann hatten wir gelacht, darüber, wie albern es war, in jemanden wie Herbert verliebt zu sein, noch mehr gelacht hatten wir, weil es noch alberner war, wegen jemandem wie Herbert, der mit einer frisierten Vespa über Feldwege braust, unglücklich zu sein. Der, hatte Eva gesagt, lohnt sich nicht.

Jetzt war ich verliebt, und ich war unglücklich, und ich hatte niemanden, mit dem ich reden konnte. Denn jeder, mit dem ich reden wollte, kannte Eva und kannte Mike Jonas, und alle waren der Meinung, dass Mike Jonas jetzt wieder gut zu Eva passte, denn er hatte seine Lektion gelernt. Und so blieb mir nur der Schlüssel, dem ich von meiner Lektion erzählen konnte, dieser Lektion, die diesmal ich zu lernen hatte, die ich aber nicht begriff, denn sie lag vor mir wie eine mathematische Formel, und mit denen kannte ich mich nicht aus. Nach einer Weile bekam ich das Gefühl, dass auch der Schlüssel meinte, Mike Jonas passe jetzt wieder gut zu Eva, und immer öfter blieb mir die Luft weg, wenn ich den Schlüssel um meinen Hals spürte, und irgendwann entschied ich, dass der Schlüssel nur wieder in das passende Schloss gesteckt werden müsse, damit er mal gedreht würde und die Bolzen einrasten müssten.

Geh nicht, sagte mein Vater, als ich schon an der Tür stand. Er, der Morgen für Morgen schweigend das Haus verließ und, sobald er zurück war, den Fernseher einschaltete, am Abendtisch schweigend Rosinen aus seinem Salat sortierte, Jahr um Jahr, mein Vater sprach mich an, als ich ein Versprechen einlösen wollte. Was willst du, fuhr ich meinen Vater an, dabei kam ich mir nicht nett vor, und ich wollte auch nicht nett sein, nicht zu ihm, der mich Tag für Tag nur im Vorübergehen wahrnahm. Ich muss mit dir reden, erklärte mein Vater und sah mich dabei an, er sah mir ins Gesicht, sogar sekundenlang in die Augen, und in diesen Sekunden dachte ich, aha, mein Vater hat blaue

Augen, als sähe ich das zum ersten Mal, erstaunt stellte ich fest, dass mein Vater blaue Augen hat und ich nicht.

Ich will dir etwas zeigen, sagte mein Vater und zeigte in Richtung Kommode im Flur, es war mehr ein kraftloses Winken, und ich folgte dem Zeichen, als wäre das ein Spiel zwischen meinem Vater und mir. Auf der Kommode lag ein Prospekt für Fernreisen, ich verstand nicht, was das heißen solle, wollte es auch gar nicht. Was soll das, fuhr ich meinen Vater an, mir stand der Sinn nicht nach Reisen, der Schlüssel lag heiß auf meiner Brust, er musste jetzt in das passende Schloss geschoben werden, sofort. Mit meinem Vater über Fernreisen zu reden, dafür war jetzt keine Zeit. Ungeduldig und wütend ging ich wieder zur Tür. Mein Vater sah zu Boden, ein andermal, sagte er müde und wandte sich ab. Er schlurfte zu seinem Sofaplatz zurück, ohne mich noch einmal anzusehen.

Ich war erleichtert, nicht nur, weil mein Vater mich hatte gehen lassen, sondern vor allem dieser Worte wegen, ein andermal, es klang wie ein Versprechen, es bedeutete, dass mein Vater wieder mit mir reden würde, sich wieder aus seiner Fernsehstarre lösen, in die ihn die plötzliche Erschöpfung jeden Abend nach der Arbeit zwang. Er würde sich erneut daraus befreien, um mich zu erreichen, und wie er sich befreien konnte, aus seiner ständigen Unbeweglichkeit und Unerreichbarkeit, so war auch alles andere um mich herum wandelbar, veränderbar. Ein andermal, so lautete der Trost meines Vaters, alles kann anders sein, hieß das, und es gab mit Sicherheit eine zweite Chance.

Wenig später stand ich vor der Wohnungstür von Mike Jonas und wartete auf meine zweite Chance. Mike Jonas wohnte unter dem Dach. Der Boden unten in der Eingangshalle war mit kalten Fliesen belegt, die Treppen aus Holz knarrten. Unter dem Dach ist es immer heiß, hatte

Mike Jonas gesagt, als ich bei ihm gewesen war. Unsere Haut war, während Mike Jonas und ich uns in gegenseitiger Hingabe der Körper auf der Matratze befanden, ständig von einem Schweißfilm überzogen gewesen, so dass ich mich gefragt hatte, wie Mike Jonas es überhaupt aushielt, Nacht für Nacht in dieser schmalen Kammer unter dem Dach, die, wie er mir nicht ohne Stolz erzählte, früher einmal für die Bediensteten eingerichtet worden war. Im ersten Stock befinde sich noch heute eine Klingel in der Wand, die manchmal von der Vermieterin in Gebrauch genommen würde, wenn sie sich Mike Jonas mitteilen wollte. Er habe die für seine Umgebung unangenehme Angewohnheit, sehr laut und sehr lange Musik zu hören, und das am liebsten durch die Länge der Nacht. Die Wohnungstür von Mike Jonas war schwarz lackiert. Ich fasste den Türknauf mit der linken, den Schlüssel hielt ich in der rechten Hand. Im Haus war es still, und still war es in der Dachkammerwohnung von Mike Jonas. Er konnte nicht zu Hause sein, und ich war mir schon nicht mehr sicher, ob der Schlüssel wirklich fort wollte von mir.

Eine Tür öffnete sich, eine Tür schloss sich, doch war es nicht die Tür, vor der ich stand und deren Schlüssel in meiner Faust lag. Weit unten, tief unter mir im Erdgeschoss, öffnete sich die Eingangstür. Schritte auf den kalten Fliesen, ein Klatschen, als würde jemand barfuß laufen, zwei, drei, vier Füße, sicher war ich mir nicht, doch wer konnte barfuß laufen, jetzt im November, in diesem Haus, wer, wenn nicht Mike Jonas.

Er würde jetzt die Treppe heraufkommen, barfuß, mit Eva an der Hand, mich mit dem Schlüssel in der Faust vor seiner Tür stehen sehen und fragen, was willst du denn hier, Anne. Vielleicht gute Miene machen, mich in seine Wohnung lassen, eine unbestellte Lieferung, die er aus Verlegenheit annahm. Oder wütend sein, weil ich den Schlüssel besaß, den er nicht gegeben hatte, nicht mir. Aber ich könnte sagen, dass ich ihn gefunden hätte, der Schlüssel ist mir über den Weg gelaufen, so könnte ich mich verteidigen, und das stimmte doch. Du Dumme, sagte ich mir. Die Schritte kamen die Treppe herauf. Eins, zwei, drei, vier.

Dann steckte der Schlüssel in der Tür, und ich hastete die Treppe hinab, ich stolperte. Ich stürze ab, dachte ich, doch das war ich schon längst, abgestürzt war ich, ohne es zu merken, und jetzt lag ich am Boden, mich windend wie ein Wurm. Verletzt war ich, zerschunden war ich, mir hatte das Herz schon längst das Hirn zerrissen. Ich rannte vorbei an zwei Gestalten, zwang mich, sie nicht anzusehen, achtete nur auf das dunkle Holz der Stufen, nicht auf die Füße, nicht schauen, ob da einer Haare an den Füßen hatte. Hey, rief es mir in den Nacken, hey, hallte es durch das Treppenhaus, und jetzt wusste ich, dass ich nicht an Mike Jonas vorbeigestürzt war.

Wer am Boden liegt, muss anderen nicht auf die Füße spucken. Wer am Boden liegt, sieht die Welt von unten. Wer am Boden liegt, frisst Gras. Ich lag und wusste nicht mehr wie aufstehen, wie weitergehen. Mental befand ich mich in einer Endlosschleife, die die seelischen Schmerzen ins Unendliche fortsetzte. Hör auf, sagte ich mir, lass los, rief ich und verstand mich selbst nicht. Waren da Stimmen in meinem Kopf? Es waren Schreie.

Einen Moment lang dachte ich daran, mich zu Hause neben meinen Vater vor den Fernseher zu setzen. So kann man die Welt auch abschalten, redete ich mir ein, doch gleichzeitig wusste ich, dass sich die Welt, an der ich litt, in meinem Inneren befand und also nicht abzuschalten war. Meine Gedanken waren kein Fluss mehr, sondern ein Strom, der sich nicht mehr auf meine Gehirnwindungen beschränkte. Es war ein Tornado. Hätte man mich als Stromquelle nutzen können, ganz Deutschland würde Energie sparen. Ich lenkte mein Fahrrad durch die Straßen, weil ich nicht wusste, wohin. Schließlich stand ich vor Simones Tür und klingelte. Der Bruder, mit dem sie zusammenwohnte, öffnete und sagte, Simone sei nicht da und komme erst in zwei Tagen zurück. In mir schlug eine Welle der Verzweiflung hoch, ich wollte zu Boden fallen, den Bruder anflehen, in seiner Wohnung, in Simones Zimmer, auf sie warten zu dürfen, oder mir wenigstens den Schädel aufschlagen, damit endlich dieses Denken aufhörte. Doch ich traute mich nicht. Eine Stimme sagte: Siehst du, wie einsam du bist.

3 Die Zeit floss dumpf und zäh durch mich hindurch. Jede Sekunde machte eine Reise durch meinen Körper, weitete meine Gedärme, verlangsamte den Pulsschlag, ich glaubte nichts mehr bei mir behalten zu können. Der Körper fühlte sich an, als würde er gleich in Stücke platzen wie ein Luftballon. Er gehörte nicht mehr zu mir.

Als ich wieder in meinem Zimmer war, hörte das Zerren in meinen Eingeweiden irgendwann auf, zurück blieb Orientierungslosigkeit. Hilflos lag ich auf dem Bett und starrte an die Decke. Ich stand auf und riss Kurt Cobain von seinem Platz an der Wand, fetzte ihn in kleine Stücke, die ich mir in den Mund stopfte, kaute, kotzte, bis ich endlich eingeschlafen war.

Die Welt schien sich vor mir zu verschließen, jetzt, wo ich eine Antwort brauchte, einen Hinweis, ein Zeichen. Jetzt, wo ich keinen Halt mehr hatte, gab es niemanden, an den ich mich halten konnte. Mein Vater saß weiterhin Abend für Abend vor dem Fernseher. Mehrmals setzte ich mich neben ihn, starrte auf den Bildschirm und hoffte, er würde wieder versuchen, mich zu erreichen. Einmal sprach ich ihn an. Hör mal, sagte ich. Mein Vater nickte und schwieg. Was ist mit der Fernreise, fragte ich. Ach, seufzte mein Vater, ohne seinen müden Blick von dem Quizmaster zu nehmen, der nicht aufhörte, sein Publikum und seine Zuschauer mit Fragen zu quälen und pausenlos in die Kamera zu lächeln. Ach, wiederholte mein Vater und drückte seinen Körper in die Vertiefung des Sofas, da musst du schon deine Mutter fragen, das hat sie übernommen. Ich sagte ja oder soso und stand auf, um in mein Zimmer zu gehen, wie ein geschlagener Hund schlich ich die Treppe hinauf, und meine Mutter kam mir mit einem Korb Wäsche entgegen.

Als ich ihre Beine sah, angeschwollen und mit blauen Äderchen durchzogen, ihre rauen Hände um den Griff des Wäschekorbs bemerkte, ihr selbstverständliches Lächeln sah, als sie sich an mir vorbeiquetschen musste in dem engen Treppenhaus, da hätte ich gerne angefangen zu heulen. Aus einem Impuls heraus wäre ich gern meiner Mutter um den Hals gefallen, hätte mich an ihre Beine geklammert, wie ich es als Kind immer tat. Sie sollte mir ein Pflaster geben, ein Stück Schokolade, *Drei Tage Regen* singen. Doch meine Mutter ging lächelnd an mir vorbei, und mir fehlte die Kraft, sie aufzuhalten. Schon lange, spätestens seit der Oberstufe, hatte ich das Gefühl, an meinen Eltern vorbei, wenn nicht sogar ihnen voraus zu leben. Es war so ein kleines, beschauliches Leben, das meine Eltern führten, eine Gartenzwergliebe, die sie in fein abgestimmten Ritualen täglich zelebrierten. Jetzt, da meine Mutter an mir vorbei die Treppe hinabgestiegen war, kam ich mir eitel und eingebildet vor, plötzlich schien mir, das in klaren Strichen gezeichnete und wie ein Uhrwerk aufeinander abgestimmte Leben meiner Eltern sei das Paradies, an dem ich lange Zeit Anteil gehabt hatte, aus dem ich mich schließlich selbst hinausgeworfen hatte.

In der Nacht erwachte ich mit einem Schweißfilm auf der Haut, ähnlich dem, der sich auf meiner Haut gebildet hatte, als mich Mike Jonas in seiner Dachkammer heftig und schnell liebte. Ich erwachte von einem Schrei, es war mein Schrei, und niemand im Haus schien mein Schreien zu hören außer mir selbst.

Du lachst nicht mehr, bemerkte meine Mutter irgendwann. Du lachst nicht mehr und isst zu wenig, sagte meine

Mutter und stellte ein Stück von ihrem ofenfrischen Marmorkuchen vor mir auf den Tisch. Ich starrte auf den Kuchen und hoffte, meine Mutter würde weiterreden, ich wünschte, sie würde Fragen stellen wie: Was ist denn los mit dir? Oder: Was hast du denn? Oder wenigstens: Geht es dir gut? Damit ich in Tränen ausbrechen, mich an ihren Rockzipfel hängen konnte und erzählen, dass ich eine Freundin verloren hatte und nicht verstand wieso, dass es einen Mann gab, den ich liebte, er aber mich nicht, dass ich nicht weiterwusste, mein Leben klein und jämmerlich war, und vor allem, dass sich das niemals ändern würde, denn so fühlte es sich an, so hatte es sich immer angefühlt, und ich glaubte, das müsse so bleiben, in alle Ewigkeit eben.

Aber meine Mutter sagte nichts, stattdessen stellte sie ein Glas Limonade auf den Tisch neben das Stück Marmorkuchen, das in aufdringlicher Starre auf dem Teller lag, nie im Leben hatte ich gerne Limonade getrunken, ich konnte nicht glauben, dass meine Mutter das vergessen hatte. Ich trinke Limonade nicht, rief ich, so wie ich früher am Tisch geschrien hatte: Ich mag das Essen nicht. Und ich schob das Glas Limonade schnell und heftig fort von mir, dem Teller gab ich einen Stoß, dass er quer über den Tisch hinter dem Glas herschoss und diesem einen weiteren Stoß versetzte und sich ein Schwall klebriger Limonade über den Tisch ergoss. Meine Mutter rieb sich mit den Fingerspitzen über die Augen, als hätte sich etwas auf ihrer Netzhaut festgesetzt. Sie entschuldigte sich und wischte den Tisch ab, sie entschuldigte sich dafür, dass sie mir Limonade gegeben hatte, dafür, dass sie vergessen hatte, dass ich keine Limonade mochte. Ich bin vielleicht durcheinander, sagte meine Mutter, gleich kommt doch Besuch.

Ich trug eine kleine Angst in mir. Eine Angst, die wuchs und wuchs und auseinanderfiel und weiter wuchs. Ich trug viele kleine Ängste in mir. Ich trug kleine Piranhaängste in mir, die sich über meine Eingeweide hermachten. Ich wusste nicht, wohin mit mir, und weil ich es nicht wusste, blieb ich, wo ich war. Der Besuch kam, und ich blieb. Es gehörte seit langer Zeit nicht mehr zu meinen Angewohnheiten, zu bleiben, wenn meine Eltern Besuch empfingen. Ich floh, sobald Besuch im Haus angekündigt wurde. Ich floh vor dem Gartenzwergleben meiner Eltern, ich floh zu Eva und Simone, ich floh in ein Café, auf die Straße oder in mein Zimmer. Zu Beginn meines Studiums hatte ich mich sogar in die Bibliothek geflüchtet, das war nun schon Monate her. An diesem Tag der Limonade blieb ich.

Der Besuch waren meine Tante Helene und ihre Tochter Tina. Tante Helene und Tina waren nicht der schlimmste Besuch, der erwartet werden konnte. Schlimmer wäre mein Onkel Ulli gewesen mit seiner Afghanenhündin Uschi, die ständig unter Durchfall und Aufstoßen litt, und der mein Onkel Bachblüten ins Wasser mischte. Schlimmer wären auch Onkel Ernst und Tante Beate gewesen mit ihren Söhnen Oskar und César, die nicht nur hießen wie Hunde, sondern sich auch so benahmen, sie fletschten die Zähne, kaum waren sie zur Tür herein, hingen sie an dem Zipfel eines Pullovers oder an einem Hosenbein der Gastgeber, knurrten und brummten, bissen sich fest in dem Stoff. Onkel Ernst ignorierte das hündische Verhalten seiner Söhne, doch Tante Beate rief jedes Mal aufgebracht Oskar und César zu, sie sollten jetzt brav sein. Die beiden dachten nicht im Traum daran, brav zu sein, knurrten und brummten und bissen sich fest in Kleidungsstücke und Tischdecken.

Tante Helene und Tochter Tina gehörten zu den harmloseren Mitgliedern des Familienkreises. Ich blieb sitzen, unfähig, mich zu bewegen, wie ich auch bei jedem anderen, schlimmeren Besuch sitzen geblieben wäre. Der Besuch kam und wurde von meiner Mutter an den Kaffeetisch gesetzt. Sie bekamen Kuchen, Kaffee und Limonade. Damit ich nicht allein am Küchentisch saß, setzte ich mich einfach dazu.

Tina war jünger als ich und sah aus wie ein Häschen. Sie hatte sich ein Piercing in die spitze Oberlippe, eins in die Augenbraue und einen Ring in die Stupsnase schießen lassen. Sie sah aus, als würde sie an unsichtbaren Ketten hängen.

Tante Helene erzählte von Tina, von dem Abitur, das Tina gerade ablegte, von den Reitstunden, die Tina nahm, und von den Schleifen, die Tina auf Turnieren gewonnen hatte. Tina saß daneben und verdrehte die Augen, schaute gelangweilt auf ihre Hände, von den Händen auf ihren Kuchenteller und wieder zurück. Meine Mutter saß daneben und erzählte nicht viel von ihrer Tochter, weil es nichts zu erzählen gab. Zögernd sagte sie: Anne studiert, und sah mich fragend an. Ich beeilte mich, heftig zu nicken, ich wollte meine Mutter nicht enttäuschen, bis vor kurzem war es mir egal gewesen, ob ich meine Eltern enttäuschte oder nicht, ich war auf einem anderen Trip gewesen, jetzt war ich mir nicht mehr sicher, was oder wer ich war, zu verlassen fühlte ich mich von mir, von Eva, Simone, von Mike Jonas. Meine Mutter schluckte erleichtert ihren Kaffee und kaute eilig ihren Marmorkuchen, ich meinte eine gewisse Freude auf dem Gesicht meiner Mutter abzulesen, bildete mir ein, dass sie froh war, dass ich mit am Tisch saß. Sie verteilte eine weitere Runde Kuchen, und als sie Tina ihr Stück auf den Teller legte, hielt sie einen Moment inne, sah in die Runde und rief: Ihr könnt doch mal wieder zusammen was machen, ihr zwei!

Die Bemerkung meiner Mutter fiel auf den Tisch und zerplatzte dort wie eine reife Frucht. Tina sagte nichts, und ich sagte auch nichts, doch Tante Helene rief begeistert: Ja, das macht ihr! Sie ergriff die zerplatzten Fruchtstücke und bewarf uns damit. Tina und ich hatten noch nie etwas zusammen unternommen, wir kannten uns kaum, von Geburtstagen, Hochzeiten, von Taufen und Familientreffen, von Anlässen wie diesem, an denen wir gelangweilt dabeisaßen, uns anschauten und uns begutachten ließen, den Eltern zuhörten, wie sie sich bemühten, die notwendigen Neuigkeiten auszutauschen, die dem Bild entsprachen, das die Familie von einem haben sollte, man will nichts Falsches erzählen, aber möglichst auch nichts Richtiges, niemand soll Einblick bekommen in die Abgründe des Wohnzimmers.

Tina und ich sahen uns an, sagten nichts. Da wir schweigend und ratlos dasaßen, unsere Kuchenkrümel auf den Tellern anstarrten, ereiferten sich unsere Mütter an der Frucht, die meine Mutter in die Runde geworfen hatte, jede damit beschäftigt, das Bild ihrer Tochter zu formen und zu verteidigen, ein Bild, das die jeweils andere haben sollte, das sie selbst so gern haben wollte. Sie legten einen sanften Film über die Realität, und weil wir schwiegen, redeten unsere Mütter auf uns ein. Tante Helene in hoher Stimmlage: Tina, du gehst doch morgen Abend auf das Konzert. Und meine Mutter fügte hinzu: Sicher, Anne geht mit, sicher, Anne hat im Moment etwas Luft an der Uni, sie ist nicht oft unterwegs, hat nicht viel zu tun, Anne geht gerne mit. Die Stimmen der beiden Frauen klangen in meinen Ohren wie das aufgeregte Läuten einer Sturmglocke.

Gelassen drückte Tina die Krümel auf ihrem Teller mit der Gabel platt, nickte langsam, ihr Augenlid unter der Braue mit dem Piercing zuckte ein wenig. Ich fragte mich, ob sie nur gut dressiert war oder einfach nett sein wollte. Ja, sagte Tina, und kratzte mit ihrer Gabel über den leeren Teller, die Spitzen der Gabel knirschten auf dem Porzellan. Ja, sagte Tina und grinste mir ins Gesicht, du kannst mitkommen. Ich war mir nicht sicher, ob es eine Einladung oder eine Drohung war.

Das Konzert würde in einer leerstehenden Fabrikhalle stattfinden. In der Halle, in der ich vor Monaten zusammen mit Herbert ein Theaterstück gesehen hatte (war es *Salome* von Oscar Wilde gewesen?). Jedenfalls war es mit Herbert ein strenger Frühlingsabend, die Luft roch nass und kalt, doch in den Gärten blühten bereits die Tulpen, als Herbert mich hinter sich auf die Vespa hob. An Herberts Körper haftete stets der Geruch von gegorenen Trauben, süß und schwer, obwohl er Mitte zwanzig war, wuchsen ihm keine Haare auf der Brust, hatte er kaum Bartwuchs im Gesicht. Herbert und ich redeten nicht viel, ich war so überrascht über unsere Liebe, dass mir nicht die richtigen Wörter, die passenden Sätze einfielen. War ich mit ihm zusammen, überlegte ich fieberhaft, aus welcher Bemerkung sich ein Gespräch zwischen uns entwickeln könnte. Meist fiel mir ein Thema erst ein, wenn er fort war, war er wieder da, hatte ich es bereits vergessen. Mir war ein Rätsel, wie sich zwischen uns überhaupt eine Beziehung ergeben hatte. Dabei war das einfach geschehen, wir hatten dasselbe Seminar zur Berufsvorbereitung besucht, das von der Friedrich-Naumann-Stiftung für Studienanfänger angeboten wurde. Herbert lud mich dann ins Kino ein und später zu einer Pizza, und sehr spät am Abend wollte er mich küssen, und am nächsten Nachmittag saß ich schon hinter ihm, als er über die Feldwege brauste. Ich war so überrascht über unser Zusammensein, über seine Küsse, die Berührungen seiner festen und rauen Hände auf meinem

Körper, dass ich ihm nichts zu sagen hatte. In dem Theaterstück spielte eine Exfreundin von Herbert mit. Es endete dann mit einer Kassette und einem Zettel, auf die Kassette hatte mir Herbert ein Lied von Udo Lindenberg überspielt: *Ich weiß nicht, zu wem ich gehöre*, die andere, zu der Herbert meinte zu gehören, war die Exfreundin aus dem Stück. Auf dem Zettel stand: *Ich kann es dir nicht erklären, Herbert*. Eine Weile versuchte ich es mir selbst zu erklären, ich stellte Theorien auf, spekulierte, vor mir bauten sich Mauern auf, auf denen in schrillen Farben geschrieben stand: *Hätte ich doch die richtigen Worte gefunden* und so weiter. Bis Eva mich anfuhr: Was willst du denn, wenn er es dir nicht erklären kann, dann kann es keiner, hör auf, daran herumzumachen, Anne. Und sie sah mich mit ihren großen braunen Telleraugen an. Ich war nur dankbar, jemanden zu haben, der mir sagte, woran ich mich halten sollte.

Ich hielt mich an Evas Worten fest: Hör auf, Anne, sagte ich zu mir, und: Was willst du denn? So ging die Sache mit Herbert langsam, aber sicher vorbei.

Jetzt stand ich unsicher vor dem Eingang der Halle, während mehr und mehr Menschen an mir vorbeiströmten, ihre Karten oder Geldscheine in den Händen, sie waren gutgelaunt, diese Menschen, sie waren überzeugt, einen tollen Abend vor sich zu haben, das konnte ich auf ihren Gesichtern lesen. Ich stand da und war von nichts überzeugt, nicht mal von mir selbst. Gut war, dass meine Gedanken nicht mehr ständig um Eva oder Mike Jonas kreisten, die ohne Unterlass wiederkehrenden Fragen in ihren schrillen Farben waren an diesem Abend schwächer geworden, diese Fragen, warum mich keiner der beiden anrief, und ob Mike Jonas auch nicht einschlafen konnte, wenn Eva neben ihm lag, und ob sie jetzt den Schlüssel hatte und so weiter.

Tina führte ein Mädchen an der Hand. Ich winkte ihnen mit meiner Karte zu. Tina hielt das Mädchen, als führe sie einen Hund an der Leine, sie baute sich vor mir auf und stellte das Mädchen vor, mit einem Namen, den ich sofort vergaß. Ich tanzte wie ein tollwütiges Kaninchen. Tina und ihr Mädchen waren sofort nach Konzertbeginn in der Dunkelheit der Halle verschwunden.

Dafür war mir jemand anderes ins Blickfeld gerutscht. Er saß am Boden vor der Bühne und bewegte sich nicht. Er saß bewegungslos da in der zappelnden, zuckenden Menge, die Beine verschränkt wie ein Buddha, und lächelte in sich hinein, vor sich hin, oder aus sich heraus. Die blonden Haare fielen ihm über die Schultern, die Hände ruhten auf den Knien. Es störte ihn offenbar nicht, dass er geschubst und getreten wurde, dass ich ihn mit den wilden Bewegungen meiner Glieder an den Knien oder an der Schulter traf. Seine Haltung, sein Lächeln forderten mich heraus. Sollte ich ihm mit der Hacke ins Gesicht treten? Da saß er in meinem Weg, in der Schusslinie meiner ziellosen, zappelnden Bewegungen.

Der blaue Bus parkte hinten am Waldrand. Ein Bus, wie er in jedem Stadtverkehr zu finden war, nur ohne Bänke, neben dem Fahrersitz befand sich noch das Türchen, sonst erinnerte nichts als die äußere Form an seine Vergangenheit im Betrieb der Öffentlichkeit. Lass die Hintertür aufspringen, rief ich, mach die Vordertür zu. Das Zischen und Ächzen der Bustüren, noch aus der Schulzeit bekannt, gehörte jetzt mir, in dieser Nacht seufzten die Türen des blauen Busses nur für mich, wieder und wieder öffneten und schlossen sie sich. Ich sprang hinein, ich sprang heraus, der Blonde saß auf dem Fahrersitz, sah mir zu, ohne sein stummes Lächeln zu verlieren, in sich hinein, aus sich heraus. Musik, rief ich, schüttelte meine kurzen Haare wie eine Löwenmähne, Manege frei, jetzt komme ich, ich brauchte keine Zuschauer, das Leben war mein liebster Bewunderer, das Gelächter am Abgrund, der Tanz auf dem Grab, jetzt schlug das Pendel zurück, hier war ich die Diva, das Drehbuch war ausnahmsweise einmal von mir verfasst. Der Blonde ließ Kurt Cobain für mich singen, scheppernd und laut, Tom Waits röhrte über den Parkplatz, und als die Besucher des Konzerts endlich nach Hause aufbrachen, lagen wir auf der großen Matratze hinten im blauen Bus und errieten anhand der Motorengeräusche die Marken der abfahrenden Autos.

Ich sah gleich, dass du nicht glücklich bist, sagte der Blonde. Ich sah es an deinen Füßen, du stellst sie seitwärts ein, das machen Menschen, erklärte er mir, die auf krummen Wegen gehen. Ich habe es an deinen Händen gesehen, sie sind groß, bestimmt größer als dein Gesicht, das ist so bei Menschen, die vom Leben herausgefordert werden, die zupacken müssen. Ich sah auf seine Hände, sie waren klein und schmal, zarte Frauenhände waren es, die mir jetzt eine Strähne aus der Stirn strichen. Auch seine Füße waren klein und zierlich, als gehörten sie einer Frau, und als er nicht mehr neben mir auf der Matratze lag, sondern vor mir stand, bemerkte ich, dass er seine Füße nach außen stellte, wie eine Balletttänzerin. Ich fragte: Hast du mal Ballett gemacht? Er lächelte nur, das war seine Antwort, dieses Lächeln, in sich hinein oder aus sich heraus, vielleicht auch nur vor sich hin, ich fand es nicht heraus, nicht in dieser Nacht und nicht an den Tagen danach, die wir auf dem Parkplatz in dem blauen Bus verbrachten, als befänden wir uns am Ende der Welt, als wären wir schließlich und endlich die letzten Menschen auf diesem Planeten.

Der Blonde las mir aus dem *Propheten* von Khalil Gibran vor, zitierte Osho, den Dalai-Lama, Albert Hoffman und

Jack Kerouac. Es gibt viele Lebenswege, sagte der Blonde, doch sie alle haben dasselbe Ende, und das ist dein Tod, das muss dir klar sein. Seine Haare trug er jetzt im Nacken gebunden, mit den Tagen waren sie fettig geworden, meine auch, doch das störte uns nicht, uns störte, dass der Blonde seine Runensteine nicht fand, denn von ihnen hatte er mir erzählt, sie waren seine Wegweiser, in ratlosen Momenten hörte er nur auf sie, nicht auf Menschen. Denn was Menschen sagten, fand der Blonde, das hatte keinen Bestand, die reden und handeln nur nach ihren eigenen Interessen, doch die Runen, die haben keine Absichten, da sie ja in Steine geschnitzt sind, überdauern sie die Zeit. In Wahrheit, flüsterte der Blonde, haben die Runen keine Meinung zu den Problemen, mit denen ich sie konfrontiere, und das ist ihr Geheimnis, keine Meinung zu haben, es berührt sie nichts.

Ich rutschte auf der Matratze hin und her, wollte die Runen sehen, ihre unbeteiligte Stellungnahme zu Eva, Mike Jonas und mir, zu meinem ziellosen Studium, doch der Blonde fand sie nicht. Stattdessen entdeckte er im Gewühl seiner Kiste Pfeil und Bogen wieder, machte Luftsprünge mit der Waffe in seinen Händen und versprach mir, einen Hasen zum Mittagessen zu jagen. Ich esse kein Fleisch, schrie ich panisch, ich wollte nicht, dass für mich ein kleiner Hase am Stadtrand sein Leben ließ. Doch der Blonde wollte nicht auf mich hören, die Türen des blauen Busses zischten und stöhnten, er verschwand im Gebüsch.

Haut abziehen, dachte ich, kann ich nicht. Unschlüssig stand ich im Bus und wagte nicht hinauszugehen – ich hatte Angst, von einem Pfeil getroffen zu werden. Da huschte ein Schatten zwischen den Bäumen am Waldrand vorbei. Er schafft das nicht, beruhigte ich mich, doch gleichzeitig wusste ich, dass es keinen Sinn hatte, mich selbst zu beruhigen. Siehst du, sagte ich mir, da schlägt es schon zurück, das Leben, es will nicht, dass du die Oberhand gewinnst, kaum hast du dich sicher gefühlt, schleicht es sich von hinten an, überrascht dich, das hast du jetzt davon, den blauen Bus hättest du niemals betreten sollen. Ich ließ die Türen im Stakkato auf und zu zischen, dann steckte ich vorsichtig den Kopf hinaus und schrie: Haut abziehen mache ich nicht!

Der Braten schmeckte. Wilder Hase ist besser als wilder Hunger, flüsterte ich dem Blonden ins Ohr und biss hinein. Das Fell hing am Auspuff und trocknete in der Sonne. Das Blut hatte auf dem Asphalt eine dicke, kupferne Spur hinterlassen. Wilde Frauen schmecken besser als wilde Hasen, sagte der Blonde nach dem Essen und schubste mich auf die Matratze.

Am nächsten Morgen schmiss der Blonde im Licht einer barmherzigen späten Herbstsonne wütend Pfeil und Bogen in den Bus. Wenn du nicht mitwillst, rief er, musst du hierbleiben, einen dritten Weg gibt es nicht! Die Bustüren zischten, und ich hielt mir die Ohren zu. Ich kauerte am Boden, das Hasenfell im Schoß, es war nass von meinen Tränen, der Blonde wollte aufbrechen, abfahren wollte er, weiterreisen. Ich bleibe nie länger als ein paar Tage an einem Ort, hatte er gesagt, es sei denn, ich muss arbeiten. Aber hier arbeite ich nicht, fügte er hinzu, sah sich missmutig auf dem seit Tagen leeren Parkplatz um. Und ich, fassungslos, wusste nichts zu sagen, schüttelte den Kopf, als er meine Hand nahm und mich bat, ihn zu begleiten. Du wirst Orte sehen, versprach er, von denen träumt man nicht mal in der Nacht. Wir fahren nach Paris oder nach Amsterdam, setzte er hinzu, strich mir über den Kopf, als wäre ich seine Katze. Wortlos zog ich mich in meine Tränen zurück, schluchzte in die Kälte des getöteten Hasen hinein.

Schließlich konnte ich dem Blonden nicht sagen, dass er mir nicht fehlen würde, dass es nicht seine große Nase war, aus der einzelne, schwarze Haare herausschauten, nach der ich mich sehnen würde, dass ich nicht seine Ohren vermissen würde, in die ich zwar hineingebissen hatte, vor denen ich mich aber dennoch ekelte, als er mich bat, ihm die Haare abzuschneiden, die aus dem Gehörgang herauswuchsen. Das alles konnte ich ihm nicht sagen und auch nicht, dass ich weinte, weil ich wieder allein und ziellos sein würde. Weil ich zurück musste in ein Leben, das nicht mir gehörte, das mir fremd war und jedenfalls nicht das Leben, von dem ich träumte. Hier, auf dem Parkplatz, mit ihm, war ich zur Zuschauerin meiner eigenen Existenz geworden. Ich war fort und doch nicht weg, war teilnahmslos und doch teilnehmend, abwesend und gleichzeitig präsenter als je zuvor. Jetzt bin ich als Erste unterwegs, dachte ich, und war doch keinen Meter weitergekommen. Ich lebe im Bus, hatte ich mir begeistert eingeredet, Eva und Mike Jonas sitzen noch zu Hause. Ich glaubte, stark und unabhängig zu sein, und war doch ängstlich und schwach.

Und das, was ich geglaubt hatte zu sein, fuhr jetzt fort mit dem Blonden im blauen Bus. Ich konnte es nicht festhalten, denn in Wahrheit gehörte es nicht zu mir, es war nur ausgeliehen, ich hatte es mir geborgt, wie eine Skiausrüstung im Winter, wie ich meine Gefühle für den Blonden geborgt hatte, ich beherrschte die Technik nicht, der Schnee um mich herum war geschmolzen, ich glaubte doch fest daran, ich wollte das behalten, es sollte ewig dauern, denn das Gefühl der Ewigkeit war es schon gewesen, aber jetzt ließ der Blonde den Motor an, das Gefühl stellte sich ab, als der blaue Bus glucksend und zitternd ansprang, und das, was ich gewesen war, meine geborgte Existenz verließ den Parkplatz und bog um die Ecke.

4 Ich bekam eine Schüssel und einen Becher, die ich in einem Lederbeutel um die Taille gebunden tragen sollte. Ihren Schmuck müssen Sie abgeben, sagte die Frau an der Ausgabe und sah mich auffordernd an. Auf ihrer Stirn stand eine steile Falte. Ich hielt die Worte eine Weile zurück, wie man Brotstücke langsam und andächtig im Mund behält, wenn man weiß, dass dies die letzte Nahrung sein wird für eine lange Zeit, und so wusste ich, dass die Worte, die ich mit der Frau an der Ausgabe wechseln würde, die letzten sein würden für die Dauer meines Aufenthalts. Denn ich hatte unterschrieben, mich mit meiner Unterschrift verpflichtet, während der Zeit, die ich hier verbringen würde, kein Wort zu sprechen.

Fünf Tage, hatte meine Mutter geschrien, sind fünf Tage zu viel, ich bin gestorben vor Angst. Sie wollte die Polizei rufen, bemerkte mein Vater von seinem Sofaplatz aus, in einem Ton, der verriet, dass er die Angst meiner Mutter lächerlich, unbegründet, übertrieben gefunden hatte. Mein Vater schien schweigend einverstanden gewesen zu sein mit meinem Verschwinden, vielleicht sogar froh oder erleichtert, dass ich etwas unternommen hatte, etwas, über das er und seine Frau nicht informiert gewesen waren, mit dem sie nichts zu tun hatten, schließlich, so hörte ich aus der Bemerkung meines Vaters heraus, war meine Schonzeit vorbei.

Ich habe keinen Schmuck, antwortete ich und erhielt, ohne ein weiteres Wort, den Beutel für Schüssel und Becher von der Frau.

Warum ich die Hilfe ihres Gurus in Anspruch nehmen

wolle, wurde ich gefragt. Dann brauche ich nicht mit dem Auto gegen die Wand fahren oder von einer Brücke springen, antwortete ich und schob noch ein vielleicht hinterher, als der in weiße Tücher gehüllte Mann, der meine Personalien aufnahm, nicht gleich antwortete, sondern mir sehr ruhig in die Augen sah. Das hier ist doch für Drogenabhängige, Straftäter und andere Menschen gedacht, die nicht weiterwissen, wollte ich rufen, das stand doch in Ihrer Anzeige, auf den richtigen Weg wandeln und so weiter, Ashram für alle, auch für die, die keiner will, und so eine war ich, so fühlte es sich jedenfalls an, und das Schlimmste war, es fühlte sich an, als sei es schon ewig so, als würde das so bleiben, und als müsse ich noch lange warten auf ein Ende, vielleicht wartete ich sogar schon zu lang, das alles wollte ich ihm zurufen, ihm, auf kleine, gelbe Merkzettel geschrieben, an die weißen Gewänder heften, damit er sein Lächeln unterließ, dieses Lächeln, mit dem er verriet, dass er das, wonach ich suchte, sehr gut kannte, den Schlüssel, das Ende, den Ausweg, dass er aber mir nichts davon sagen würde. Wir beide schwiegen, er lächelnd, ich angefüllt mit Worten, die mir in der Kehle stecken blieben.

Dies war kein Ashram in Indien, sie hatten sich nicht mal die Mühe gemacht, Palmen aufzustellen oder kleine Seen anzulegen, in denen Lotusblüten schwimmen konnten, es standen keine Buddhas herum, keine Gebetsmühlen, an denen man seine Verzweiflung abdrehen konnte, nichts dergleichen, es war einfach eine ausgediente Jugendherberge an der belgischen Grenze. Wahrscheinlich musste die Jugendherberge geschlossen werden, weil niemand diese triste Gegend besuchen wollte, die Stadt war so uninteressant, dass es sich nicht lohnte, sie in einem Reiseführer zu erwähnen. Die Wände waren holzverkleidet, die Tische und Stühle aus Plastik, wir schliefen in Etagenbetten, die in unterkühlten Schlafsälen standen. Mittlerweile war es richtig Winter geworden, ich hatte es nicht mal bemerkt. In den Nächten schlief ich mit Simones Mütze auf dem Kopf und hielt das Hasenfell fest im Arm, als hätte ich Angst, es könnte mir verlorengehen, als wäre es das Letzte, das mir geblieben war. Die beiden Jungen aus der Mitfahrzentrale, mit denen ich hergefahren war, hatte ich aus den Augen verloren. Gleich nach der Ankunft wurden Männer von Frauen getrennt, jeder in seinem Bereich, in dem er betete, meditierte, aß und schlief, hier sollte niemand in Versuchung kommen, im Gegenteil, erlöst werden sollten wir, von allem Verlangen, diesem weltlichen Krimskrams, den man auf Erden nun mal mit sich herumschleppt. Wie der Himmel sollten wir sein, die Wolken über uns hinwegziehen lassen und nicht unser Herz an die Sonnenstrahlen hängen. Das betete uns der Guru vor, Abend für Abend, Tag für Tag, dabei war er nicht mal anwesend, nur in der Konserve, seine Stimme schepperte aus den Boxen der Hi-Fi-Anlage durch den Raum, prallte gegen die Holzwandverkleidung und kullerte auf dem Boden zwischen seinen andächtig knienden Anhängern hin und her. Ich konnte sie nicht einfangen, diese Stimme, ich schaffte es nicht, sie in etwas Brauchbares zu verwandeln, der Inhalt der Worte ging mir bei jeder Lesung aufs Neue verloren. *To love,* sagte der Guru in seiner Nachrichtensprecherstimme vom Band, *is not to love.* Und ich wurde ganz durcheinander, wollte ihn fragen, was er damit meinte, ob er meinte, dass Mike Jonas mich doch geliebt habe und ich ihn nicht oder umgekehrt, doch der Meister war ja nicht leibhaftig anwesend, nur diese Stimme, die der Zeitansage im Telefon glich, und sprechen durfte ich nicht.

Nothing remains, schnarrte der Guru, das Band rauschte,

don't hang your heart on anything. Es folgte ein indischer, vielleicht brahmanischer Singsang, in den auch einige der Teilnehmer und die Veranstalter einfielen. Die Veranstalter saßen vorne, gewickelt in weiße Tücher, neben sich die Hi-Fi-Anlage aufgebaut wie eine Drohung. Einmal am Tag durfte sich jeder vor ihnen niederknien, um ihnen seine Fortschritte in der Meditation zu demonstrieren, ich aber wusste nicht, was ich ihnen demonstrieren sollte, die Reise durch den Körper gelang mir nicht, immer blieb ich stecken an den kleinen Details, hier juckte es mich unter der Fußsohle, dort war mir ein Bein eingeschlafen, etwas brannte mir in der Nase, die Gedanken an Mike Jonas oder Eva verhakten sich in meinen Gedankenfluss, schlugen Kreise wie ein ins Wasser geworfener Stein. So bemühte ich mich um eine entspannte Gesichtshaltung, regloses Dasitzen im schmerzenden Lotussitz, wenn ich an der Reihe war, den Veranstaltern meine Fortschritte in der Kunst der Gleichgültigkeit zu demonstrieren. Sie belohnten mich jedes Mal mit einem großzügigen Kopfnicken.

Der Abschied von Simone war kurz gewesen. Zwei Wochen sind schnell vorbei, sagte ich, mehr zu meiner als zu Simones Beruhigung. Trotzdem ist es gut, dich noch einmal gesehen zu haben, antwortete Simone und nahm mich in den Arm. Nach dem Anruf meiner Mutter hatte sie sich Sorgen gemacht. Ich wusste nicht, wie ich deine Mutter beruhigen sollte, erklärte Simone. Weder sie noch meine Mutter wollten wissen, wo ich gewesen war, also sagte ich nichts vom Blonden, nichts vom Hasen, von den Stunden im blauen Bus.

Der Hase in meinem Arm hatte mit den Ohren gewackelt. Dabei besaß das Fell keine Ohren. Wo waren die Hasenohren geblieben? Ich wollte aufstehen, um sie zu suchen, da fiel mir ein, dass es mitten in der Nacht war.

Hatte ich geträumt? Unter mir bewegte sich etwas, als ich vorsichtig über den Bettrand spähte, sah ich die Augen der Frau, die unter mir lag, im Dunkeln leuchten wie Katzenaugen. Kalt war es im Schlafsaal, ich konnte den Wasserdunst an den Fensterscheiben erkennen. Mit der Frau unter mir, die mit mir ein Bettgestell teilte, hatte ich bisher kein Wort gewechselt. Auch mit den anderen Frauen hatte ich nicht gesprochen. Jede hielt sich an das befristete Schweigegelübde. Hin und wieder machte die eine oder andere einen Versuch der Kommunikation, indem sie auf eine Toilettentür zeigte und mit den Lippen das Wort frei formte. Indem sich eine eng neben mich vor dasselbe Waschbecken stellte, mit der Zahnbürste zwischen den Zähnen irgendetwas nuschelte, während weiß und blau gefärbte Spuckfäden ins Waschbecken rannen. Die Worte kamen flüchtig und zerquetscht aus den Mündern, sie hatten es eilig, sie wollten nicht gehört, nicht bemerkt werden. Immer wollte ich ausholend antworten, sekundenlang freute ich mich auf den Genuss, Worte formulieren, sie aneinanderreihen zu dürfen, da fiel mir ein, dass wir nicht alleine waren, die Anwesenheit der anderen saß uns im Nacken, und hinter ihnen stand das Schweigegelübde, bewacht von den Veranstaltern, die in ihren weißen, weiten Hosen und Hemden durch die Gänge wandelten, hinter der Essensausgabe standen oder neben dem Kassettenrekorder saßen wie Statuen, als wären sie von einem fernen Ort hierher gebracht worden. Sie waren die fleischgewordene Mahnung unseres Versprechens, für die Dauer unseres Aufenthalts zu schweigen. Also beschränkte ich mich auf ein hektisches Nicken oder Kopfschütteln als Antwort, flehte innerlich, dass es niemand gesehen hatte, denn schließlich war eine Kopfbewegung bereits eine Form der Verständigung. Jetzt in der Nacht saß ich aufrecht im Bett und sah mich nach den Frauen um, die neben mir, unter mir, um mich herum lagen. Sie alle schienen mit geöffneten Augen in die unterkühlte Dunkelheit zu starren. Ich hatte das Gefühl, im Traum geschrien zu haben, aber sicher war ich mir nicht. Hatte ich nach dem Blonden gerufen, Eva, Mike Jonas? Dem Hasen vielleicht? Es war mir entfallen, genau wie der Inhalt des Traums, im Moment des Aufwachens, geblieben war mir ein Gefühl der Unruhe, seit langem mein hilfloser Begleiter. Ich war mir sicher, ich hatte gerufen, und genauso sicher war ich mir, dass die Frauen, die um mich herum mit ihren Katzenaugen in die Dunkelheit starrten, über den Inhalt meines Traums Bescheid wussten, vielleicht hatten meine lauten Schreie sie sogar geweckt. Und jetzt waren sie es, die wussten, was mit mir los war, sie wussten, was mich wirklich quälte, ich hatte es hinausgeschrien und gleich darauf vergessen, doch sie konnten es nicht mehr loswerden, sie durften nicht darüber sprechen, und ich durfte sie nicht danach fragen.

Unter vielen Menschen war ich allein. Menschen, die alle das Gleiche machten, wenn der Gong fünfmal erklang, morgens um halb fünf, dann standen wir auf, wuschen uns, putzten die Zähne, alle waren verschlafen, hatten Furchen und Falten in den Gesichtern. Schlug der Gong zweimal, eilten wir in den Meditationssaal, brachten uns in Position, mit dem Lotussitz oder mit den Füßen unter den Knien. Beim dreimaligen Gongschlag zwei Stunden später lösten wir uns wieder aus der Starre, reckten die Glieder, der eine oder die andere machten ein paar Yogaübungen, bevor wir in den Speiseraum gingen, Männer und Frauen getrennt, langsam und bedächtig, denn wir waren ja gerade durch unser Bewusstsein gereist und tauchten nur langsam und widerwillig wieder daraus hervor, jedenfalls sollte das wohl so sein.

Und ich mittendrin, ich fand keinen Gefallen daran, mich nur auf mich selbst zu konzentrieren, und suchte verzweifelt nach einer Ablenkung. Ich beobachtete die Menschen um mich herum, die Frau aus dem Bett unter mir, die nach dem Essen durch den kleinen Garten der ausgedienten Jugendherberge schlich, sich vor die breiten Bäume kniete und sie dann umarmte, oder eine der Veranstalterinnen, die in den Pausen am Boden saß, mit Nadel und Faden Löcher in weißen Gewändern stopfte. Ich wusste nicht mehr über diese Menschen, als dass sie auch hier waren, um einen Weg zur Bewältigung ihres Lebens zu finden, ihn vielleicht schon gefunden hatten, wie die Veranstalterin mit dem schweren schwarzen Zopf im Nacken, die immer vorne saß und den Kassettenrekorder bediente. Sie schwebte mit leichten Schritten an den holzverkleideten Wänden entlang durch das Gebäude. Der Zopf wippte im Nacken, nur die Zehenspitzen berührten den Boden. In meinem Kopf erfand ich mir für jeden von ihnen ein Leben. Das ist eine Lehrerin, dachte ich von einer Frau, die mit ihrem Suppenlöffel angestrengt Muster auf das Holz der Tischplatte zeichnete. Die Bäumeumarmerin kann keine Kinder bekommen, entschied ich. Die Gewänderstopferin war im wirklichen Leben eine Sozialarbeiterin oder drogenabhängig. Irgendetwas musste doch jeder sein. Schließlich war das hier nur eine Absteige der Wirklichkeit.

Das Duschen wurde zur Qual, sobald ich nicht mehr allein in dem Raum mit vier Brausen war. Die Frau von der Pritsche unter mir, so kam es mir vor, schien keine Gelegenheit auszulassen, ihren Körper zu reinigen, wenn ich mich dort aufhielt. Die ersten Male hatte ich sie nicht weiter beachtet, ihr einmal zugelächelt, doch nach einer Weile wurde mir ihre nackte Anwesenheit im Duschraum zur

Last. Da stand sie neben mir unter dem heißen Wasserstrahl und seifte ihren Körper ein. Immer wickelte sie vorher die langen schwarzen Haare auf und klemmte sie mit einer Spange zusammen. Sie hatte eine dermaßen unangenehme Art, sich einzuseifen, dass mir schlecht wurde. Es kam mir so vor, als wolle sie nicht nur besonders sorgfältig und umfassend die Seife überallhin verteilen, sondern in alle Spalten und Falten hineintreiben, und das tat sie hektisch und schnell. War sie unter den Achseln, im Hintern oder zwischen den Beinen mit ihrer Seiferei angelangt, dann wurden die Hände immer schneller, schienen gar nicht mehr herauszuwollen aus der Spalte, und das erzeugte ein furchtbares klatschendes Geräusch. Es erinnerte mich unangenehm an die wenigen Male, die ich mit Herbert geschlafen hatte. Er hatte diese Art, sich schnell zu bewegen, dabei rutschte er immer wieder aus mir heraus. Dann zog er die Mundlippen steil nach oben, so als wollte er sein Glied mit aller Gewalt dazu zwingen, steil aufzusteigen. Stoß um Stoß wurde ich lustloser, und dann musste ich unserem Sex zuhören, dem Klatschen von Haut auf Haut, dem Seufzen der Körperflüssigkeiten. Der Versuch, meiner Nachbarin nicht angewidert beim Abschrubben ihrer Körperöffnungen zuzusehen, machte es nur noch schlimmer. Es schien ihr eine perverse Freude zu bereiten, in meiner Gegenwart zu duschen. Vielleicht fühlte sie sich mir nahe, weil sie unter mir schlief und meinen Träumen zuhören musste.

Ich kniete vor Gott, ich lag im Dreck und schluckte Staub. Das Hasenfell lag auf meinem Kopf. Der Guru erzählte eine Geschichte. Eine seiner Buddhageschichten, denn nicht nur ich, auch Buddhas Schüler wollten erleuchtet werden. Wenn ihr ausatmet, seid euch bewusst, dass ihr ausatmet, wenn ihr einatmet, seid euch bewusst, dass ihr einatmet. Das Band im Rekorder schepperte und schnarrte, es schluckte die Befriedigung, die ich in der Stimme des Gurus zu hören glaubte, einfach herunter. Vielleicht lächelte er ja, der indische Guru, wie der Blonde gelächelt hatte, in sich hinein oder aus sich heraus. Ob das alles sei, wollten Buddhas Schüler und auch ich wissen, fröhlich antwortete der Guru für den Buddha, dass dies alles sei, das sei das ganze Geheimnis. Die Kassette klickte im Rekorder, das Band war zu Ende, der Gong schlug, es war sieben Uhr abends und Zeit, ins Bett zu gehen.

Das Geheimnis der Erleuchtung erkennen, hatte in der Anzeige gestanden, den Geist befreien, die Gegenwart leben. Ich saß in einem Raum mit hundert Menschen und wartete auf die Erleuchtung. Zurückgeworfen auf mich selbst, lebte ich nicht in der Gegenwart. Meine Gedanken hielten es nicht aus, durch meinen Körper zu wandern, im Hier und Jetzt, in diesem Raum zu bleiben mit all den schweigenden Menschen. Licht strahlte durch die Fenster, die kräftigen Konturen des frühen Morgens verkündeten die Stunde der Optimisten. Die Frau neben mir winkte einer Veranstalterin, zeigte auf das Fenster, die Veranstalterin sprang auf und zog die schweren, schwarzen Vorhänge zu. Das Licht wurde ausgesperrt und kitzelte hier niemandem mehr auf der Nasenspitze, erinnerte keinen mehr daran, dass es Januar war, draußen die Wasserpfützen zufroren und zersprangen, wenn die Sonne nur lange genug schien. Es war Monate her, dass ich mit Eva und Simone zu diesem Festival in die Lüneburger Heide gefahren war, als alles anfing, mit Mike Jonas und den Pilzen. Es schien mir, dass ich einfach kein Glück hatte. Genau genommen hatte niemand von uns richtig Glück gehabt. In den Tag hinein leben, nur für den Augenblick da sein, ohne Verlangen und quälende Gedanken, einfach nur um seiner selbst willen geliebt werden, das gelang nur den Pilzen. Wirkliches Glück hatten nur die Pilze. Ich saß da, kniete am Boden und sehnte mich nach Sonnenstrahlen, nach einem Gespräch, vielleicht auch nur nach dem Rauschen einer Klospülung, nach irgendetwas, das Bewegung brachte, die Zeit schien stehengeblieben. Hier komme ich nicht mehr raus, dachte ich. Schließlich begann ich zu sprechen, ich sagte einfach: Hallo? Als niemand antwortete, sich nicht mal einer nach mir umdrehte, stand ich auf und verließ den Raum.

Das war das mit der Erleuchtung, sagte ich mir, stand an der Straße und streckte den Daumen raus. Ich war mir nicht sicher, ob ich nun erleichtert war, weil es vorbei war mit dem Schweigen, oder weil vielleicht doch in mir oder mit mir etwas passiert war, etwas, für das ich keinen Begriff besaß.

Ich saß auf der Pritsche eines Lastwagens, und mir war bewusst, dass ich einatmete und wieder ausatmete, nichts geschah mit mir, auf meinem Schoß lag das Hasenfell in Simones Mütze gewickelt, der Lastwagenfahrer hatte *HATE* auf seinen Unterarm tätowiert, auch er atmete ein und aus, ob bewusst oder unbewusst, war mir egal, und das war das ganze Geheimnis.

Begehren kann jeder, hatte der Blonde einmal gesagt und auf den Mond gezeigt, der sich Platz machte im Seitenfenster des blauen Busses. Wir lagen am Boden, auf der Matratze, jeder für sich, nackt. Die Liebe aber, die muss man suchen, und dann aushalten können, hatte der Blonde gesagt, die Hände in den Nacken gelegt, um seine Haare dort zusammenzuhalten.

In mir machte sich die Sehnsucht nach einer Zigarette breit, ich konnte den Tabak nicht finden, beugte mich über das Ende der Matratze hinaus.

Was suchst du?, fragte der Blonde und krallte sich fest an meinem Hintern. Rauchen, antwortete ich, ich will rauchen. Ach, rief der Blonde und fasste mir mit einer Hand zwischen die Beine, auch das ist eine Sehnsucht, die du dir nicht erfüllen musst, auch sie wird vorbeigehen. Du kannst ihnen zuschauen, deinen Sehnsüchten, sie kommen und gehen, anfangs noch schmerzen sie, pressen sich gegen die Magenwand, drücken in den Gedärmen. Mit seinen Frauenfingern zupfte der Blonde an meinen Schamhaaren. Später bleibt noch das Kribbeln im Bauch, am Ende nimmst du nicht einmal das mehr wahr. Er strich meine Schamlippen auseinander. Das Ende tut nicht weh, der Blonde beugte sich über mich, denn dann bist du frei.

Ich hockte auf einer Bahnhofstoilette. Weiter wollte ich nicht, doch zurück konnte ich auch nicht. Ich sah in den Spiegel. Die letzten zwanzig Kilometer nach Bonn würde ich mit der Bahn fahren. Im Spiegel erkannte ich meine Sehnsüchte, sie klebten mir auf den Lippen und am Haaransatz. Ich wollte ihnen zusehen, wie sie kamen und gingen, sie aber blieben. Der Lärm des Alltags mochte sie in den Hintergrund drängen, die Kosmetik der Zeit sie übermalen, sie blieben und drängten, wie Fische, die nach Luft schnappen, wieder und wieder an die Oberfläche. Scheiße, dachte ich und schlug mit der Faust in mein Spiegelgesicht. Etwas soll bei mir bleiben. Ich will verzweifelt sein, ich will den Streit vor dem Einschlafen, die bangen Fragen im Nacken: Liebt er mich?, liebe ich ihn?, ich will als ein streitendes Paar im Wohnzimmer sitzen, schreien, heute verlasse ich dich, und morgen komme ich zurück. Ich will Zigaretten rauchen müssen, weil ich die Sehnsucht nicht ertragen kann. Ich will in den Arm genommen und fortgeschickt werden, und die Versprechungen hören, dass es nie wieder geschehe. Die Schwüre um Mitternacht, und schon am Morgen neue Verletzungen, das ist doch das Leben und das, was es auszuhalten gilt. In meiner Faust steckten zwei Spiegelsplitter.

In der Bahn starrte ich aus dem Fenster. Jeder Mensch, dem du begegnest, hatte der Guru behauptet, bringt dir ein Geschenk. Ein alter Mann mit seiner Frau an der Hand und einem Dackel an der Leine betrat das Abteil. Sie sahen alle gleich aus, ihnen hingen die Zungen zu den Hälsen heraus, alle drei hatten spitze Gesichter, sie standen in der Abteiltür und schnüffelten um sich herum. Ich nahm meine Tasche von dem Sitz neben mir und stellte sie vor mich auf den Boden. Jeder Mensch hat ein Geschenk für dich, hatte der Guru behauptet, aber es ist deine Wahl, ob du es annimmst oder nicht. Nur durch Denken verstehen wir nichts, deswegen sollten wir auch zwölf Tage sitzen und schweigen, Praxis, meinte der Guru, ist heilig. Und hier kamen drei, setzten sich zu mir ins Abteil, und ich wusste nicht, welches Geschenk sie für mich haben würden. Der Hund hechelte, der alte Mann schnaufte, die Frau keuchte. Die beiden Alten nahmen mir gegenüber Platz, der Hund sprang auf den Platz neben mir.

Sitz richtig, zischte die Frau, und ich dachte, wie spricht die mit ihrem Mann oder mit ihrem Hund, doch als ich aufsah, blickte sie mir direkt in die Augen, zuckte mit dem Kopf in meine Richtung, und der alte Mann schüttelte bestätigend missbilligend den Kopf.

Wie sitze ich denn?, fragte ich mich und sah an mir herunter. Die Beine angezogen bis unter den Bauch. Dein Geschenk will ich nicht, fuhr es mir durch den Kopf, und ich antwortete: Ich sitze richtig. Also, unverschämt, zischte die Frau und machte einen kleinen Hopser auf ihrem Sitz, das ist nicht richtig, gar nicht richtig, eine Sauerei ist das, sagte sie, und ihr Mann unterstützte sie durch heftiges Kopfschütteln. Ich beschloss, mich über ihr Geschenk nicht zu freuen, und zischte: Ruhe jetzt! Und darauf schwiegen wir vier in widersprüchlicher Eintracht.

Ruf doch wenigstens zurück, drängte meine Mutter und schob mir einen Zettel mit einer Nummer in die Hand, in der schon der Brief des Blonden lag. Die Nummer kannte ich auswendig, sie gehörte Eva. Es war ihre WG-Nummer. Wie oft hatte ich sie gewählt, und wie lange schon nicht mehr, und jetzt stand ich hier, mit diesen sechs Ziffern in der Hand, eine magische Zahl, deren neue Wirkung ich noch nicht kannte, vielleicht, dachte ich, will sie sich von mir verabschieden.

Der Blonde schrieb mir aus seiner Heimat, wo er eine Wohnung und eine Arbeit als Maschinenbauer hatte, er schickte mir Grüße aus seinem Alltagsleben. Der blaue Bus steht am Straßenrand und vermisst dich, schrieb er, und dass die Hasen dort oben im Norden weniger wild schmeckten und die Frauen erst recht.

Nichts hatte sich zwischen uns verändert. Dabei hatten wir die letzten Wochen in fremden Galaxien, fern voneinander verbracht. Die lange, schlanke Eva bog um die Ecke, zwinkerte mir mit ihren Telleraugen zu. Evas Zwinkern rückte meine verlorene Welt wieder zurück oder vor – oder ins richtige Lot? Sie kam auf mich zu, die Mütze von Simone auf dem Kopf, blau und gelb, auch ich trug Simones Mütze, rot und grün, das Hasenfell lag daheim auf dem Kopfkissen. Eva kam auf mich zu, zwinkerte und legte den Arm um mich, und das Zusammensein war so einfach, wie ich es nun wirklich nicht erwartet hatte.

Weder die jüngst vergangene Zeit noch Mike Jonas standen zwischen uns, und mir wurde klar, dass es trotz der

Traditionen, die an ein Ende gekommen waren, im Leben doch einen roten Faden geben musste, der nur sichtbar wurde, wenn die Sonne, das Licht, die Gedanken oder der Wind günstig standen. Etwas, das weiter lief als man selbst, das Tempo der eigenen Geschichte, ein Muster, das sich aus den Knoten im Lauf der Zeit ergibt und das nach und nach in der Erinnerung sichtbar wird, sich abzeichnet wie die Risse und Linien auf den Handflächen.

Wir saßen in einem Café, Eva streute sich Zucker auf die Handfläche, ich leckte ihn ab. Mike Jonas ist ein Idiot, sagte Eva. Ich nickte, schluckte und wusste nicht, was ich dazu sagen sollte. Er hat was angefangen mit einer Krankenschwester, der Idiot, fuhr Eva fort, schüttelte den Kopf und lachte. Ich fragte mich, wie kann sie bloß lachen, wo sie ihn doch verloren hat, aber dann fiel mir ein, dass sie ja mich wiedergefunden hatte, und vielleicht lachte sie ja deswegen. Eva sagte: Ich weiß, dass er sie nicht liebt, aber sie ist schwanger von ihm, und das ist das Problem. Jetzt musste auch ich lachen, denn ich dachte, das geschieht ihm recht. Wie stolz Eva ist, wie bodenständig. Ich hob die Kaffeetasse und rief: Das war das mit Mike Jonas, ein Hoch auf die Krankenschwester! Eva traten Tränen in die Augen, und sie sagte: Nein, das war das mit unserer Reise. In zwei Wochen wollten wir nach Marokko aufbrechen.

Auf dem Heimweg ging mir die Krankenschwester nicht aus dem Kopf, die Mike Jonas nicht liebte und die jetzt schwanger war. Der Gedanke an sie ließ meine Schritte schwer werden, schließlich blieb ich stehen und starrte lange die Konturen eines Stromkastens an, ohne ihn richtig wahrzunehmen. Dann rannte ich nach Hause.

Ich hätte den Guru gern gefragt, ob ich mein Karma mit den Pilzen verspielt oder es wenigstens riskiert hatte. Die Koordinaten hatten sich verschoben, während ich mich auf der Suche nach dem Nirwana damit abgemüht hatte, mir meines Atems bewusst zu werden, hatte meine Abwesenheit überhaupt erst meine Umgebung in Bewegung gesetzt. Jetzt zweifelte Eva an Mike Jonas, und Mike Jonas zweifelte an sich selbst. Dabei stand mehr als ihre gemeinsame Reise auf dem Spiel. Eva war wieder meine Freundin, ohne dass ich etwas unternommen hatte, es schien jetzt, als wäre sie nie meine Feindin gewesen, nur vorübergehend nicht ansprechbar, doch das sagte sie nicht, und auch ich sagte nichts, ich hätte gar nicht gewusst, wo ich hätte anfangen sollen, bei Mike Jonas, den Pilzen oder etwa bei Eva und mir?

Vor Wochen noch hätte ich viel darum gegeben, um die Situation, in der ich mich jetzt mit Eva und also auch mit Mike Jonas befand, herbeizuführen. Viel hätte ich dafür gegeben, jetzt, wo es so war, wusste ich nichts damit anzufangen. Wieder war eine Entscheidung ohne mich gefallen.

5 Der Frühling warf bereits seine kurzen Schatten über das Rheintal. Seit der Zeit im Ashram an der belgischen Grenze ging ich täglich mehrere Stunden in den Rheinauen spazieren, in meinem Zimmer konnte ich nicht stillsitzen, dort wurde mir mit geschlossenen Augen so schwindelig, dass ich mich hinlegen musste, wenn ich mit offenen Augen dalag, schienen sich die Wände auf mich zuzubewegen. Die Tage wurden länger. Ich schaffte es kaum, meinen Rhythmus wieder auf den einer studierenden Mitteleuropäerin umzustellen, früh am Abend wurde ich unendlich müde, in den ersten Morgenstunden war ich hellwach. Ich begann durch das Haus zu laufen und merkte, dass auch mein Vater schlecht schlief und im Lauf des frühen Morgens mehrmals auf die Toilette ging. Ich konnte die Spülung hören, und einmal begegneten wir uns auf dem Flur. War das deine Zeit bei der Meditation?, wollte mein Vater wissen, und als ich nickte, sagte er mehr zu sich als zu mir: Das ist Buddhismus. Buddhismus, wiederholte er noch eine Weile wie eine Beschwörung, bevor er im Schlafzimmer verschwand.

Sie ist doch ein ganz normales Kind gewesen, hatte meine Mutter am Telefon gesagt. Ich wusste nicht, mit wem sie da sprach. Ein ganz normales Kind, und jetzt also eine verdrehte Erwachsene. Da war ich im zweiten Semester gewesen, damals noch bemüht, die Pflichtveranstaltungen gewissenhaft zu besuchen, ich versuchte mich in Klausuren, hielt Referate, bekam Schweißausbrüche und Schwindelanfälle, wenn ich vor einer großen Gruppe fremder Menschen frei reden sollte. Nichts Auffälliges war da in der Kindheit, fuhr meine Mutter am Telefon fort, nicht, dass ich mich erinnere. Spät laufen gelernt hat sie, sie kroch so komisch, erinnerst du dich? Ich konnte nicht sehen, wie meine Mutter am Telefon sprach, ich stand oben auf der Treppe und wollte gerade aus dem Haus. Ein Bein hatte sie sich immer unter den Bauch geschoben, mit dem anderen, es war das linke, stieß sie sich voran. Doch, ein ganz normales Kind, nur die Zähne kamen halt so spät, beide, die ersten und die zweiten. Ewig dann diese Zahnlücken, die Schneidezähne, erinnerst du dich? Die fehlten bald anderthalb Jahre. Ich fragte mich, wer mich da am anderen Ende der Leitung so gut zu kennen schien, dass er sich an die Dauer meiner Zahnlücken erinnern konnte, aber ich kam nicht darauf, ich erinnerte mich nicht, weder an die Zähne noch an jemanden, der meine Kindheit so intensiv begleitet hatte, oder hatte meine Mutter einen Menschen, der nie bei uns auftauchte, seit meiner Kindheit über meine Entwicklungsschritte auf dem Laufenden gehalten, vielleicht sogar Bilder geschickt?

Wir saßen am Boden in Evas Zimmer wie in einem Vakuum. In der Ecke glühte ein Räucherstäbchen. Simone und ich machten uns über Evas Kekse her, sie waren unser Mutterkuchen, und mehr noch, dieses Gebäck, das wir in Stücke brachen, um es in unseren Mündern zergehen zu lassen, das war unsere Kommunion, wenigstens für die Dauer des Saugens waren wir eine spirituelle Gemeinschaft. Es hatte keinen erkennbaren Bruch in der Geschichte unserer Freundschaft gegeben. Doch unsere Sicherheit war zweifelhaft, und eine musste den Anfang machen.

Als Kind, sagte Simone und betrachtete einen von Evas Keksen in ihrer Hand, habe ich immer mit Puppen gespielt. Eva schüttelte den Kopf, bodenständig, wie sie war, hatte sie als Kind nicht mal an Puppen gedacht. Vor allem Barbiepuppen, erklärte sie, haben mich überhaupt nicht interessiert. Ich musste zugeben, dass ich mich als Kind auch sehr für Puppen interessierte, sie frisierte, ihnen Namen gab, die Haare schnitt, fütterte, und wenn sie abends nicht einschlafen wollten, geriet ich, wie meine Mutter bei mir, in Verzweiflung. Ja, sagte Simone, aber eine Puppe habe ich besonders geliebt. Simone trug ihre Haare, im Gegensatz zu Eva und mir, weiterhin lang, und diese Haare waren blond und glatt und zart. Überhaupt war Simone eine zarte Erscheinung. Sie duftete auch zart. Immer haftete dieser süße Geruch an ihr, nach eingemachter Marmelade. Ich selbst kam mir in ihrer Gegenwart roh und kantig vor. Es war eine große Puppe, größer als ein Menschenbaby, fuhr Simone fort, sie hatte einen weichen Körper, ihre Arme und Beine waren aus Plastik. Ich erinnerte mich an diese Art Puppen, ich konnte sie vor mir sehen, denn so eine hatte ich auch gehabt, aufgrund ihrer Größe musste sie immer die große Schwester spielen. Schön, sagte Simone, aber ich habe mit dieser Puppe anders gespielt, ich habe sie ausgezogen, und ich habe mich ausgezogen und war vielleicht nicht mal fünf Jahre alt, ich habe sie auf mich und mich unter sie gelegt, und dann hatten wir beide schöne Gefühle. Simone schob sich den Rest ihres Kekses in den Mund. Damit will ich euch nur sagen, dass ich erkannt habe, dass ich vielleicht anders bin, anders als ihr. Männer wie Mike Jonas interessieren mich nicht. Ich habe mich in eine Frau verliebt. Simone wischte sich einen Kekskrümel aus dem Mundwinkel.

Wie eine Braut in ihrer Sänfte saß sie aufrecht auf der Trage, die schon halb im Rettungswagen hing. Zu ihren Füßen mühten sich zwei Rettungssanitäter ab, die Trage in die richtige Position zu bringen, daneben stand der Notarzt und drückte auf seinem Piepser herum. Das Piepsen begleitete das Seufzen und Stöhnen der Rettungssanitäter, auf der Straße blieben Menschen stehen. Einige schoben ihre Fahrräder näher heran, andere reckten die Hälse. In ihr wuchs das Gefühl, ein Ungetüm zu sein, das in einen rollenden Käfig geschoben werden sollte. Es ruckte, ihr Körper stürzte zur Seite.

Fast wäre sie aus dem Rettungswagen herausgefallen, vier rotweiße Arme hielten sie gerade noch fest und schafften es kaum, den Körper wieder hochzustemmen. So dick ist sie doch gar nicht, dachte Simone und stand hilflos in der Menschenmenge, verfolgte die ruckartigen Bewegungen der Rettungssanitäter, vor allem aber verfolgte Simone jede Bewegung dieser fremden Frau.

Es war einer der Momente, die sie nie vergessen würde. Der Moment, als die fremde Frau in der Menschenmenge Simones Augenpaar entdeckte. Noch hatte ihr Körper das Gleichgewicht noch nicht vollständig wiedererlangt, noch war die Gefahr nicht vorüber. Ein Paar zusammengekniffener Augen, die Sonne stand schräg hinter dem Rettungswagen und strahlte der gaffenden Menge in die Gesichter. Eben diese Sonne war es gewesen, die Bärbel Stock dazu bewogen hatte, trotz schlechter Wetterprognose am Morgen in ihre Stöckelschuhe mit glatten Sohlen zu schlüpfen. Wie Schweinchenaugen, fuhr es ihr durch den Kopf, ganz unglaublich süß, war der nächste Gedanke, und jetzt war ihr der Absturz egal. Mittlerweile hatten die Sanitäter aber die Lage unter Kontrolle, sie wurde in den Wagen geschoben, der Notarzt hatte seinen Piepser weggesteckt und machte sich daran, die Türen mit den Milchglasscheiben zu schließen. Sie wusste, wenn sie jetzt die zusammengekniffenen Augen verlor, die süßen Schweinchenaugen, sie würde sie nie wiedersehen. In der Regel war Bärbel Stock nicht besonders schlagfertig. Sie gehörte nicht zu dem Typ Frauen, die problemlos in eine Diskothek kommen, ohne zu zahlen, oder die in der Apotheke Antibiotika ohne Rezept bekommen. Kurz: Die Voraussetzungen waren nicht günstig. Woher sie nun ausgerechnet die Eingebung hatte, den Sanitätern zuzuschreien, dort in der Menge stehe ihre Schwester, konnte sie sich selbst nicht erklären. Nehmt sie mit, rief sie, und der Entschiedenheit in ihrer Stimme wagten weder die Rettungssanitäter noch Simone zu widersprechen. Es ging los mit Blaulicht und Sirene, ich habe ein Bein gebrochen, sagte Bärbel Stock, und statt einer Antwort lächelte ihr Simone ins Gesicht.

Das war die Geschichte, wie Simone sich in eine Frau verliebte. Sie ist zehn Jahre älter als ich, trägt die Haare kurz und verfilzt und hat ein gebrochenes Bein, beschrieb Simone ihre Bärbel. Wann haben denn die Sanitäter geschnallt, dass du nicht ihre Schwester bist?, wollte Eva wissen. Und ich wollte vor allem wissen, wann sie sich das erste Mal geküsst hatten, wie und wie oft und unter welchen Umständen.

Im Schneidersitz saßen wir am Boden in Evas ausgeräuchertem WG-Zimmer. Ihre Wände hatte Eva mit indischen Tüchern behängt, die es auf jedem Flohmarkt zu kaufen gab. Mit dunklem Rand und ineinander verschlungenen roten und braunen Linien, die sich quer über den Stoff schlängelten. Vielleicht waren das auch gar keine Weltenbummler, überlegte ich, die uns auf Flohmärkten die Tücher und Räucherstäbchen verkauften. Vielleicht waren die ebenfalls an der türkisch-syrischen Grenze steckengeblieben und hatten sich ihre Waren später nach Deutschland schicken lassen, um sie in Bündchenhosen und mit verfilzten Haaren als Insignien aus einer anderen Welt zu verhökern. Und wir saßen hier und stückelten uns damit die ganz andere Welt zusammen, die zu erleben wir uns so anstrengten. Dabei gab es das ganz andere einfach auf der Straße. Wir jedenfalls, Eva und ich, hatten nie ernsthaft eine Frau geküsst. Ich hatte bis zum Ende der Pubertät noch nicht mal einen Jungen geküsst. Immer, wenn ich einem so nahe gekommen war, dass es so weit hätte kommen und die Posaunen hätten loslegen müssen, immer genau dann riss ich meine Augen auf und fing ganz hektisch an zu schnaufen, derart zu schnaufen, dass die wenigen Jungen, bei denen ich überhaupt so weit gekommen war, plötzlich Angst bekamen, ich würde hyperventilieren. Setz dich auf, sagte einer zu mir, ich glaube, er hieß Armin. Armin hatte Übergewicht. Er keuchte: Setz dich hin, atme durch. Um Abhilfe zu schaffen, hatte meine damalige beste Freundin Sandra vorgeschlagen, mich in die Künste des Küssens einzuweisen, und unsere gemeinsame Freundin Christine, der auch die Erfahrungen fehlten, gleich mit. Es war dann insgesamt eher enttäuschend, aber genau genommen hatte ich eine Frau geküsst, bevor es wirklich mit den Jungen losging, und das erzählte ich natürlich Eva und Simone fast ein wenig triumphierend.

Während ich erzählte, rollte Eva ihre braunen Telleraugen und lächelte überlegen. Simone hingegen schien mir dankbar zu sein und reagierte eifrig mit neuen Erkenntnissen. Das wahrhaftige Abheben, erklärte sie, erlebt man doch nur mit einer Frau. Und die Zungenschläge von Frauen sind zarter, weniger brutal. Hinter ihrem Kopf schmorte ein Räucherstäbchen vor sich hin. Eine Frau, fuhr Simone fort und griff nach einem weiteren von Evas Keksen, weiß schließlich genau, wo die entscheidenden Punkte sind, nämlich die, die einen zum Abheben bringen, und dann hat man eine Rakete unterm Arsch, und die feuert ab, dass es zischt. Simone schob sich grinsend den Keks zwischen die Zähne, Eva und ich lachten.

6 Ich erhielt Post. In einem Briefumschlag steckte die Karte für ein Rockkonzert. Kein Kommentar, kein Absender. Die angekündigten Bands kannte ich nicht. Dafür entzifferte ich den Poststempel. Es war die Stadt, in der der Blonde seinem täglichen Leben nachging. Eine Industriekleinstadt, von der es nichts zu berichten gab, als dass hin und wieder Arbeitsplätze verlorengingen. Aber davon hänge ich ja nicht ab, hatte der Blonde erzählt, ich hänge nicht an meiner Arbeitsstelle wie an einem Tropf, und dabei hatte er mit dem Kopf in Richtung des Busses genickt. Da saßen wir auf dem Asphalt, vielmehr saß er auf dem Hasenfell und ich hockte auf seinem Schoß, presste meine Brüste gegen seinen Oberarm und hatte meine Hand in seinen Hemdkragen geschoben, strich über die behaarte Brust. Und ausgerechnet da musste er mir erklären, warum er nicht von seinem Arbeitsplatz oder von sonst einer Einrichtung der Knechtschaft unserer Zivilisation abhängig war. Dazu zitierte er wieder Buddha und den Dalai-Lama, um zu beweisen, dass es im Leben nichts zu verlieren gibt. Ich bin kein Aussteiger, sagte er und warf den Kopf zurück. Schicht- und Schubarbeiter bin ich und kann dem Alltag, wann ich will, entfliehen. Wäre ich ein Aussteiger, würde ich wieder in eine Schublade passen, festgelegt auf eine Lebensweise, einmal Aussteiger, immer Aussteiger. Ich lebe gegen den Plan, und zwar gegen jeden, schwimme gegen den Strom, das ist mein Geheimnis.

Wir könnten mit dem Polo hinfahren, schlug ich Eva vor. Auch ihr waren die Musiker unbekannt, und sicher war sie sich nicht, ob sie Lust hatte, Lust auf ein Rockkonzert. Wir können Pilze sammeln und sie dort nehmen, schlug Eva vor.

Sicher war nun ich mir nicht, ob das mit den Pilzen eine gute Idee war. Aber das Ticket hatte ich nun einmal, um noch eins für Eva zu besorgen blieb nicht mehr viel Zeit. Sicher war ich mir auch nicht, ob es gut war, den Blonden wiederzusehen, und ob es gut war, den Blonden gemeinsam mit Eva wiederzusehen, darüber war ich mir am wenigsten sicher.

Das Bein von Bärbel Stock steckte bis zur Hüfte im Gips. Ich fragte mich, ob das nicht eine erotische Bremse darstellte für die beiden Frauen, die miteinander abheben wollten wie Raketen. Überhaupt machten Simone und Bärbel zusammen nicht den Eindruck, als würden sie sich mit hohen Geschwindigkeiten auskennen. Bärbel hinkte im Gips, Simone war ihre Krücke. Der Gips war das Auffälligste an ihr, die Gestalt klein und gedrungen, das Gegenteil von der langen und kantigen Eva, mit der sie nicht warm zu werden schien. Obwohl Bärbel Stock alles in allem eine herzliche Person sein musste. Sie brachte nicht nur Simone, sondern auch Eva und mir Schokolade mit. Wir saßen im Café Göttlich nicht weit vom Hauptbahnhof, damit Bärbel nicht quer durch die Stadt humpeln musste. Überall in dem Café befanden sich Spiegel. Unentwegt musste ich mich selbst anstarren. Während ich in mein Gesicht blickte, mich über den Sitz meiner Haare und den Zustand meiner Haut ärgerte, fiel mir auf, dass die anderen ebenfalls ausschließlich mit ihren Spiegelbildern beschäftigt waren. Tatsächlich sah es so aus, als würde sich das eigentliche Geschehen im Spiegel abspielen. Eva zupfte an ihren kurzen Haaren, Bärbel strich den Rand ihres Augenlids gerade, Simone war mit einem Pickel am Kinn beschäftigt. Die Bilder unserer selbst waren auch ein Bild unseres Allgemeinzustands, das Innere wurde fortwährend mit dem Äußeren abgeglichen.

Bärbel Stock trug einen selbstgestrickten Poncho, und die Jahre, die sie uns voraus hatte, waren unschwer zu erkennen. Sie hatte ihr Studium bereits abgeschlossen. Auf Evas Frage, was denn das Thema der Magisterarbeit gewesen sei, lächelte Bärbel Stock geheimnisvoll, strich sich eine schwarze Locke, von denen sie Unmengen besaß, aus der mit Akne verzierten Stirn und flüsterte: Gender Studies. Aha, machten Eva und ich, denn wir hatten keine Ahnung, mit Geschlecht hatten wir uns bisher nicht theoretisch, sondern nur praktisch auseinandergesetzt. Und das nicht mal erfolgreich, dachte ich, also ersparte ich mir lieber den theoretischen Zuschlag und fragte nicht weiter nach. Doch Bärbel Stock fügte hinzu, dass sie jetzt im Mädchenladen arbeite, und dass dies eine ungemein wichtige Arbeit sei. Das bedeute Verantwortung, die jungen Frauen heute seien mehr oder weniger hilflos, verloren. Entweder seien sie magersüchtig oder hätten Fressattacken oder seien einfach orientierungslos. Sie selbst habe schon über die Wiedereinführung des Jungfrauendogmas nachgedacht, nur würden dann wohl immer weniger Tampons verkauft, und das sei dann unpraktisch. Bei ihren Ausführungen hatte Bärbel Stock nicht aufgehört, Simone über den Kopf zu streichen wie einem Hund.

Die Existenz von Bärbel Stock und vor allem Simones erklärte Liebe zu ihr verschafften mir den Genuss von Evas uneingeschränkter Aufmerksamkeit. Je mehr Bärbel sie nervte, umso mehr wandte Eva sich mir zu. Was wird denn jetzt aus Mike Jonas, wollte ich von Eva wissen, während ich mir drei Riegel ihrer Bärbel-Stock-Schokoladentafel in den Mund schob. Ich kann das Zeug nicht mehr sehen, hatte Eva gesagt und mir ihre Tafel auf den Schoß geworfen. Wir hatten Simone mit Bärbel im Café zurückgelassen und saßen am Rhein. Die Fahnen eines Schiffes flatterten an uns vorüber, vom Fluss blies der Wind zu uns ans Ufer, ein Geschmack nach Algen breitete sich in meinem Mund aus. Und die Krankenschwester?, wollte ich wissen, ohne Eva anzusehen. Ich spürte, wie sie mit den Schultern zuckte und trotzig aufs Wasser starrte. Es würde wieder Frühling werden. Ich riss einen Grashalm aus und versuchte erfolglos, darauf zu blasen. Keine Schwangerschaft, antwortete Eva tonlos. Wie?, entfuhr es mir, doch Eva starrte weiter auf den Rhein. Da hatte ich Mitleid gehabt, und jetzt war sie nicht mal schwanger, diese Krankenschwester, das konnte doch nicht sein, sollte Mike Jonas mit einer folgenlosen Affäre davonkommen? In mir zog sich etwas zusammen, schnürte mir das Herz ab und knotete meinen Magen zu einem kompakten Paket zusammen. Ich war aufgesprungen, ohne es zu merken, plötzlich stand ich neben Eva, die weiter im Gras hockte und auf das Wasser starrte. Jetzt, wo ich schon stand, musste ich etwas unternehmen. Ich ging einen Schritt vor, zwei Schritte zurück, um Eva herum. Wo ist denn das Kind hin?, rief ich, so einfach geht das doch nicht, und lief weiter im Kreis, wie ein Planet um seine Sonne. Eva, meine Sonne, antwortete nicht, aber ihr Schweigen brannte in mir.

In den folgenden Tagen ließ mich der Gedanke, dass Mike Jonas zu Eva zurückfinden könnte, nicht mehr los. Sie wurde zur Obsession, diese Frage, zwanghaft ließ ich die Möglichkeit in meinem Kopf kreisen. Bei jeder Begegnung mit Eva spielte ich mit einer Bemerkung darauf an. Was macht eigentlich Mike Jonas, jetzt, wo er kein Vater wird?, sagte ich. Und dass Krankenschwester sicher ein anstrengender Beruf sei, sagte ich auch. Eva ging auf keine meiner Bemerkungen mehr ein, was ich zwar auch nicht erwartet hatte, aber auf ein wenig Erleichterung hatte ich doch gehofft. Immer tiefer verstrickte ich mich in meine Ängste, vergaß, dass das Wiedersehen mit dem Blonden Stunde um Stunde näher rückte. So sehr war ich mit der Liebesgeschichte anderer beschäftigt, dass ich meine eigene verdrängte. Allerdings war ich mir nicht sicher, ob es eine Liebesgeschichte war, ob alles nicht nur ein Spiegelbild meiner selbst war, das ich ständig zurechtzupfen musste, ob alles nicht nur eine Kopie war der Vorstellungen in meinem Kopf.

Das geistige Training ist die Kunst zu leben, hatte der Guru gesagt, und dass es dabei nicht um eine Weltanschauung gehe, sondern um die endgültige Befreiung des Geistes von den irdischen Leiden. Die Liebe muss man finden und dann aushalten, waren die Worte des Blonden gewesen. Das Hasenfell weinte auf mein Kopfkissen. Die wesentlichen Dinge im Leben musst du immer vergessen, klagte es und wusste, dass ich mich auch ohne seine Belehrung schuldig fühlte. Ich beging Sünde um Sünde, vielleicht sollte ich doch noch einmal zur Beichte gehen. Doch dann erinnerte ich mich rechtzeitig, wie ich vor der Kommunion gebeichtet hatte, anschließend sieben Vaterunser beten musste und sechs Ave Maria, alles nur, weil ich meiner Mutter nicht beim Abtrocknen hatte helfen wollen. Eine andere Sünde war mir im Beichtstuhl nicht eingefallen. Außerdem wollte ich nicht in den Himmel kommen, wenn mein Körper erst unter der Erde lag und schimmelte, mich verlangte nach dem Paradies auf Erden. Sowohl der Guru als auch der Blonde hatten so getan, als wüssten sie, wo es wäre, das Paradies, oder doch zumindest, wie es sich anfühlt, dort zu sein. Und auch Eva hatte immer so ausgesehen, als wäre bei ihr alles klar, als hätte sie sie schon in der Tasche, ihre Eden-Eintrittskarte. Mit welcher Sicherheit sie behauptet hatte, dass Marokko das richtige Reiseland für Umsteiger war, denn das wollten wir alle sein: Umsteiger. Keine Aussteiger, Aussteiger kapitulierten, wir nicht. Jetzt fuhr Eva nicht einmal nach Marokko. Dabei zweifelte sie kein bisschen an sich. Die zwei Wochen waren um, weder sie noch Mike Jonas hatten eine Entscheidung gefällt. Nur die Krankenschwester war nicht schwanger. Ich fahre jetzt erst mal mit dir auf dieses Rockkonzert, sagte Eva, dann sehen wir weiter. Sie sagte das mit einer Sicherheit in ihrer Evastimme, dieser Stimme, die nie krächzte und immer den richtigen Ton traf. Danach sehen wir weiter, flüsterte ich dem Hasenfell zu, es antwortete nicht, es schluchzte nur. Um uns herum lag eine entschlossene Dunkelheit. Vom Schluchzen bekam das Hasenfell einen Schluckauf, dann endlich schlief es ein.

Erinnerst du dich, fragte Eva mich, daran, wie wir uns das erste Mal gesehen haben? Sie und ich waren dabei, das Auto zu beladen. Wieder hatten wir uns den Polo von Evas Mama geliehen. Eigentlich hatte ihre Mutter den Polo wegen Eva gekauft, seit deren Rückkehr aus Berlin parkte das Auto dauerhaft in der WG-Straße, die Mutter fuhr jetzt immer mit dem Bus zur Arbeit, im Grunde war es also Evas Polo. Das Hasenfell stopfte ich in die Ecke des Kofferraums. In einer halben Stunde sollten wir am Bonner Hauptbahnhof Simone mit Bärbel Stock abholen. Die Krücken müssen wohl aus dem Fenster herausschauen, überlegte Eva laut. Wie meinst du das, das erste Mal gesehen?, wollte ich wissen, schließlich sind wir früher auf dieselbe Schule gegangen, da läuft man sich jeden Tag über den Weg, mehr oder weniger. Schon klar, Eva öffnete die Motorhaube und zog den Ölmessstab heraus, dass diese Krücke unbedingt mitkommen muss, gib mir doch mal den Lumpen da auf der Kiste, Eva drehte sich nach mir um. Das erste Mal gesehen, hakte ich nach, wie meinst du das denn? Sie ließ den Ölstab sinken, sah mich entgeistert an, als hätte sie ihre eigene Frage schon wieder vergessen. Wir haben uns doch so oft gesehen, in der Schule, bevor wir uns kannten, fuhr ich fort und drückte ihr den Lumpen in die Hand. Dich, Mike Jonas und Simone, ich wusste doch schon von euch, lange bevor wir uns kannten.

In aller Ruhe wischte Eva den Messstab sauber. Sehr konzentriert machte sie das und schwieg. Dann sah sie mich an, ihre braunen Telleraugen weiteten sich, Nase und Mund gespitzt, wie das Gesicht eines Mäuschens. Hast du was dagegen, wenn Mike Jonas mitkommt? Ich wusste sofort, dass ich was dagegen hatte. Eva und Mike Jonas, Simone mit Bärbel am Stock, und dann noch der Blonde. Noch bevor Eva den Satz zu Ende gesprochen hatte, spürte ich, dass ich auf keinen Fall Mike Jonas dabeihaben wollte. Der Typ war der Letzte, dem ich auf Pilzen begegnen wollte, vor allem mussten wir vorher noch zu seiner Pilzwiese fahren und die Dinger suchen, und dann verging unheimlich viel Zeit, Zeit, die ich dann mit Mike Jonas verbringen müsste. Doch das alles sagte ich Eva nicht, nicht weil ich sie schonen musste, nein, Eva stand doch mit beiden Beinen auf dem Boden, die brauchte keiner zu schonen. Ich wusste, dass Eva stärker war als ich, dass sie mich auslachen oder in Grund und Boden reden würde, denn auf dem Boden, da stand sie, Eva, und zwar so fest, dass sich schon die Erde auftun müsste, selbst dann wäre es nicht sicher, ob diese so sichere Eva darin verschwinden würde oder einfach hindurchfallen, oben hinein und unten wieder heraus. Nur um wieder mit beiden Beinen auf der Erde zu landen. Je mehr ich sie bewunderte, desto weniger liebte ich sie, stattdessen hoffte ich heimlich, dass sie schließlich doch verschwinden, die Erde sie am Ende doch verschlingen würde. Aber das konnte ich mir nicht eingestehen, ich erschrak vor mir selbst, wenn ich etwas dachte wie: Fahr doch zur Hölle.

Klar, sagte ich, kein Problem. Ich fing an zu schwitzen. Eva, wieder über die offene Motorhaube gebeugt, stocherte mit dem Stab im Öl herum. Ich wollte wissen, ob du dich erinnerst, wie es war, als wir das erste Mal etwas zusammen unternommen haben. Dass wir uns schon auf dem Schulhof gesehen haben, ist ja klar, aber wann lernten wir uns kennen? Eva sah nachdenklich den Ölstab an, dann wischte sie ihn ab, mit weniger Sorgfalt als zuvor, und stocherte erneut im Öl herum. Ich hockte mich im Lotussitz auf den Bürgersteig. Da war dieser Abend am Rhein gewesen, mit Apfelkorn und Herbert. Ein Abend, an dem ich mich erbärmlich erbrochen hatte, ob wegen des Apfelkorns oder wegen Herbert, wusste ich nicht mehr. Jedenfalls hatte ich von diesem Abend eine verschwommene Erinnerung, in der aber, glaubte ich, auch Eva vorkam. Noch bevor ich antworten konnte, rief sie: Ich hab's! Dabei schwang sie den Stab über ihren Kopf, einige Tröpfchen perlten ab und landeten auf der Autoscheibe. Herbert, rief sie triumphierend, ich habe dich kennengelernt, als du mit Herbert zusammen warst. Immerhin war der zwar nicht auf unserer Schule gewesen, aber wesentlich älter, zweimal sitzengeblieben oder so. Aber er sah so locker aus, so ein Cowboy halt, und als der mit dir auftauchte, da dachte ich: Was soll das denn? Eva steckte den Ölstab zurück in die Motorhaube wie eine Waffe ins Holster. Sie beugte sich nicht einmal vor, sie machte es aus der Hüfte heraus. Ich blieb sprachlos am Straßenrand sitzen. Da war dieser Abend am Rhein, Alkohol mit Lagerfeuer, sie sprach langsam, als spreche sie mit sich selbst, da hat er dich mitgebracht, nach dem Abitur war das. Sie spricht nur mit sich selbst, beruhigte ich mich und hob die Hände vors Gesicht. Wie du gekotzt hast, fuhr sie ungerührt fort, und gestunken danach, Eva bog sich lachend nach hinten und ließ die Motorhaube herunterkrachen. Aus der Hüfte heraus, so beiläufig, als wäre das alles nicht von Bedeutung.

Ich saß in der Gosse und hielt die Hände vors Gesicht, damit man meine Tränen nicht sah. Wie sollte ich jetzt ins Auto steigen, mit diesen roten Augen, Eva ansehen, Simone und Bärbel abholen, die lachend fragen würden, was denn wieder los sei mit Anne. Und Eva würde von dem Abend erzählen, dem Herbert-Apfelkorn-Abend, an den sich sicher auch Simone erinnern würde. Erinnern würde sie sich vielleicht an noch ein paar Details, und dann gäbe es wieder etwas zu lachen für die anderen, und zum Runterschlucken für mich. An Mike Jonas war gar nicht zu denken. Ich fahre nicht mit, entschied ich, hierbleiben, dachte ich, zum Teufel mit dem Polo, wir passen sowieso nicht alle rein. Ja, wie sollte Mike Jonas überhaupt mit uns kommen?, das hatte ich Eva noch gar nicht gefragt.

Als ich den Kopf hob, war sie schon im Hauseingang. Ich muss noch aufs Klo!, rief sie, und telefonieren muss ich auch noch. Eva verschwand, ließ mich allein mit ihrer Erinnerung. Gestunken, Cowboy, was soll das denn, das mit dir. Hatte nicht Eva gesagt, Herbert sei ein Spinner? Wie albern es sei, wegen jemandem wie Herbert unglücklich zu sein, hatte nicht sie das gesagt? Aber sie hatte auch gesagt, Mike Jonas sei ein Idiot, und: Der kann mich mal, und das mit der Krankenschwester, da hätte er sich selber abgeschossen. Und jetzt lief sie ins Haus, um zu scheißen und ihn dann anzurufen, ihn, den Idioten, den Abgeschossenen, der sie mal konnte. Meine Stirn und Wangen brannten, aber ich lachte, lachte mich aus, lachte Eva aus. Als sie zurückkam, saß ich angeschnallt auf dem Beifahrersitz im Polo.

Die ersten fünf Minuten verbrachten Bärbel und Simone streitend auf dem Rücksitz. Die eine hatte der anderen etwas verboten, ein Versprechen nicht gehalten, egal, jedenfalls eine große Enttäuschung bereitet. Dass es nicht absichtlich geschehen sei, verstand sich von selbst, verstand eigentlich jede, nur nicht die andere. Ich konnte es eh nicht verstehen, zu laut hatte Eva Velvet Underground hochgedreht, *shine, shine*, grölte es, ich schnappte nur Wortfetzen auf. Sie beruhigten sich auch schnell, Simone und Bärbel, um dann einen langen Kuss zu tauschen. Ich gab mich der Musik hin, betrachtete den vorbeiziehenden Rhein, den wir bald hinter uns gelassen hatten, die Stadt, die sich immer weiter in Dörfer auflöste.

Den Mercedes kannte ich nicht, doch dass er Mike Jonas gehörte, war klar, denn außer ihm befand sich niemand auf der Pilzwiese. Mike Jonas in einem weißen Hemd mit indischer Stickerei auf dem Rücken, seiner Lederhose am Hintern, sah aus wie immer, wie Kurt Cobain. Ich hatte ihn lange nicht gesehen, zu lange, musste ich feststellen, denn ein klares Bild von ihm besaß ich nicht mehr. Es war ein verzerrtes Bild gewesen, wie es entsteht, wenn die Übertragung nicht richtig funktioniert, bei Gewitter vielleicht, wenn die Konturen verschwimmen. Jetzt stand Mike Jonas in echt vor mir. Bist du die Inkarnation von Kurt Cobain, wollte ich fragen, oder bist du nur sein Abziehbild? Aber natürlich fragte ich nicht.

Mike Jonas hatte das dringende Bedürfnis, auf uns einzureden. Er erzählte, dass gerade eben, vor höchstens fünf Minuten oder so, ein Bauer auf seinem Traktor am

Feld vorbeigekommen sei. Ja, wirklich, ein echter Bauer. Er sagte das so, als sei er sich nicht sicher, dass wir alle wussten, was das war: ein Bauer. Vor allem, ob wir verstanden, was das hieß, dass der Bauer am Feld vorbeikam und Mike Jonas schon beim Pilzesuchen war, mit dem Körbchen in der Hand, denn mit Plastik durften sie nicht in Berührung kommen, die Pilze. Er also mit Pilzen im Körbchen und Körbchen in der Hand auf der Wiese und der Bauer auf dem Feldweg im Traktor. Und?, drängte Eva. Ja, er ist vorbeigefahren, dieser Bauer, und Mike Jonas blieb, wie ein Krieger ohne Kampf, zurück.

Da er mit seiner Geschichte keinen Eindruck machte, heftete sich Mike Jonas jetzt an Evas Fersen. Die Pilzwiese war groß, vielleicht gehört sie niemandem, überlegte ich, nur den Schafen, die hier hin und wieder weiden, um ihre Kaffeeböhnchen als halluzinogenen Dünger zu verteilen. Am Ende waren es die Fäkalien der Schafe, die das Hirn nach dem Verzehr auf Chaos stellen.

Simone hockte sich neben mich, schob das Gras auseinander, hob einen Pilz hoch, zupfte an den Lamellen, um zu sehen, ob es ein Psilocybinpilz war oder nicht. Mein Bruder, erklärte sie, ohne mich anzusehen, hat ein Problem. Ich kannte Simones Bruder nur von der Tür, wenn Simone nicht da war, vom Telefon, wenn Simone nicht zu Hause war. Ich glaubte mich zu erinnern, dass er Schreiner war, der im Morgengrauen aufstand und am Abend zurückkam. Zwischen ihm und Simone lagen fünf Jahre. Die wenigen Momente hatten einen ungenauen Eindruck bei mir hinterlassen, einen Dreitagebart, eine große Gestalt, tiefe Stimme, vielleicht. Er kann es nicht akzeptieren, dass ich eine Frau liebe, erzählte Simone. Jetzt wollte sie von mir wissen, was sie machen solle, mit ihrer Liebe zu Bärbel und der Beziehung zu ihrem Bruder. Ich krabbelte weiter neben

Simone über die Wiese, um nach diesen langen, schmalen Pilzen mit grauen Lamellen Ausschau zu halten. Der Boden war feucht, hin und wieder biss mich eine Ameise in die Hand oder in den Fußknöchel, doch ich brachte es nicht übers Herz, einem der kleinen Dinger, die mir über die Arme und Beine liefen, den Garaus zu machen. Es war Ende März und einer der ersten Tage, die man auch ohne Mantel und Schal überleben konnte. Ich wusste nicht, was ich sagen sollte, schließlich fiel es auch mir schwer, ihre homophile Leidenschaft zu akzeptieren, doch das sagte ich nicht. Allerdings half es mir, ihren Bruder zu verstehen, also erzählte ich ihr von dem Unterschied zwischen einer rationalen Ebene und der emotionalen, dass, je näher man sich einem Menschen fühlt, die emotionale Ebene überwiegen kann, sogar überwiegen muss. Er könnte doch trotz allem tolerant sein, warf Simone ein. Vielleicht gehören Gefühle und Toleranz nicht zusammen, überlegte ich laut, jetzt stell dir mal vor, die ganzen Beziehungskrisen, Ehestreitigkeiten, lassen sich auf die einfache Formel reduzieren: Mangelnde Toleranz aufgrund starker Emotionen. Je mehr Gefühle ein Mensch hat, umso intoleranter ist er. Im Grunde sollte es dich ängstigen, wenn dein Bruder nicht so reagieren würde, wenn er gleichgültig wäre, denn dann wäre er kalt wie ein Eisfach. So schloss ich und war mir nicht sicher, ob ich nicht nur meine eigenen Empfindungen zu rechtfertigen versuchte, denn schließlich konnte ich Simone nicht sagen, dass es mich anwiderte, ständig zuschauen zu müssen, wie sie und Bärbel sich gegenseitig ableckten wie Katzen ihre Jungen.

Psilocybin!, rief Bärbel Stock und hielt einen Pilz hoch. Er war dünn und lang, ihr Pilz, unter seinem Häubchen trug er dunkle Lamellen. Mike Jonas ging auf sie zu, nahm ihr den Pilz aus der Hand und legte ihn vorsichtig in sein

Körbchen. Die beiden sahen sich eine kurze Zeit lang an, lange genug, dass ich den Atem anhalten musste, denn ich befürchtete, Mike Jonas würde Bärbel in verbaler oder physischer Weise Gewalt antun.

Acid ist not for every brain, lehrte Mike Jonas. Noch bevor mir klarwurde, was er mit dieser Bemerkung sagen wollte, fing Bärbel an zu lachen. Wenn du nicht selbstbewusst, selbstgesteuert, selbstbestimmt bist, lass es bitte, fuhr sie fort. Die beiden lachten gemeinsam, sie sahen sich sogar an dabei. Sie schienen ein gemeinsames Thema gefunden zu haben, etwas, das ihnen zusammen gehörte.

7 Warum wir uns alle in einen Wagen quetschten, war nicht zu verstehen. Vielleicht fürchteten wir, uns könnte etwas verlorengehen, während wir ein Stück ungeteilten Weges hinter uns brachten. Die eine oder die andere Gruppe könnte eine besonders ausgelassene Stimmung, eine interessante Beobachtung, ein tiefsinniges Gespräch erleben und damit den andern eine Erfahrung voraushaben.

Natürlich war es der Polo, der am Straßenrand zurückblieb. Den Mercedes zurücklassen, obwohl ebenfalls ein älteres Modell, wäre riskant gewesen, fand Mike Jonas. Wer klaut schon einen Polo, meinte er. Außerdem zu eng, meinte Bärbel. Unser Gepäck wurde im Kofferraum und zu unseren Füßen verstaut. Hoffentlich finden wir später die Stelle wieder, an der mein Polo steht, sagte Eva, die wie selbstverständlich auf dem Beifahrersitz neben Mike Jonas saß, als dieser aus dem kleinen Ort im Siebengebirge, an dessen Rand unsere Pilzwiese lag, hinaussteuerte. Unsere Pilzwiese, so hatten Bärbel Stock und Mike Jonas gesagt, nachdem sie ihr Wissen über Geschichte und Gebrauch von Psilocybin miteinander geteilt hatten. Ehrfürchtig hatte Bärbel von Gordon Wasson berichtet, dem ein mexikanischer Pilz begegnet war und der mit seinem Artikel über Magic Mushrooms großen Erfolg in der westlichen Gegenkultur erzielt hatte. Ganz so, als hätten die zivilisierten Gesellschaften in ihrer Geschichte nie mit bewusstseinserweiternden Mitteln experimentiert, führte Mike Jonas fort und erinnerte an Hildegard von Bingen, die eigentlich eine Hexe und keine Klosterinsassin gewesen sei, und erklärte, dass er Timothy Leary liebe, der Mann sei wunderbar, der sei der letzte Schamane gewesen und überhaupt, er, Mike Jonas, werde irgendwann zu seiner Urne in Beverly Hills pilgern. Jetzt auch noch die USA, dachte ich, während ich den Atem anhielt, auf dem Rücksitz eingequetscht zwischen Simone, der Tür und der Hoffnung, dass Bärbels Hand, die unentwegt über Simones Haar strich, am Ende nicht auch noch mich berührte.

Mike Jonas konnte nicht aufhören, von Timothy Leary zu reden, und Bärbel Stock ergänzte seine Ausführungen mit chemischen Fachkenntnissen. Nixon kam vor, die Wendung Staatsfeind Nummer eins, und Afghanistan in den Siebzigern, das müsse man sich mal vorstellen. Und ich stellte ihn mir vor, den alten Mann mit weißem Pilzkopf, der in Turnschuhen und Parka von Beamten in Zivil abgeführt und vom CIA für seine Forschungen bezahlt wurde. Der Mann Leary, der die Freiheit des Bewusstseins forderte. Ich stellte ihn mir vor, Mike Jonas malte mit seinen Worten meine Vorstellung aus, denn Mike Jonas glühte vor Bewunderung, und ich beneidete ihn, denn er schien seinen Guru gefunden zu haben.

Ich hatte keinen Guru, niemanden, zu dem ich beten konnte, dessen Worte sich in meinem Gehirn gespeichert hätten wie Daten auf einer Festplatte, die ich endlos reproduzieren könnte. Vielleicht besaß ich ein Idol, doch dieses bewunderte ich vor allem wegen seines Hinterns, also war dieser Hintern vielleicht mein Guru. Es waren die Pobacken von Mike Jonas, die ich vergötterte.

Hier saß ich also in einem Mercedes Baujahr 61 ohne Kopfstützen, vor mir der blonde Starschnitt von Mike Jonas, eine Landschaft rauschte an mir vorbei, die mir nichts zu sagen hatte. Ich kannte all die kleinen Hügel, die Weinterrassen, die dichten Laubbäume, schließlich kündigte das Abflachen der Umgebung die Nähe zur niederländischen Grenze an. Mike Jonas lehrte, dass die westliche Kultur den visionären Menschen an die Kette gelegt habe, an die Kette der realen Dinge, mit denen sich alles erklären lasse, damit das Mysterium aus der Welt verschwinde, und da wäre sicher nicht nur Lovecraft einer Meinung mit ihm, sondern viele andere auch. Und überhaupt, Herr Mann hätte den Zauberberg niemals ohne den Einfluss von Drogen schreiben können, niemals. Ich staunte über diese Kunst, die eigenen Angewohnheiten durch ein theoretisches Fundament zu veredeln, staunte, wie sehr Mike Jonas diese Kunst beherrschte.

Da saß er vor mir, der fabulierende Kerl, wie ruhig seine Hände das Lenkrad hielten, ganz so, als brauche er sie gar nicht zum Lenken, diese Hände, und musste dennoch nicht mit ihnen in der Luft herumfuchteln, um seinen Worten Gewicht zu verleihen, wie es so viele andere nötig haben, ich selbst eingeschlossen. Und doch musste ich mir vorstellen, wie seine Hände mich streichelten, damals, in der Hitze unter dem Dach, und plötzlich merkte ich, dass ich mir dies alles jetzt ohne Schmerzen vorstellen konnte, alles, was mir vor Monaten noch so weh getan hatte, machte mich jetzt ruhig. Darüber hinaus erlaubte ich mir mehr und mehr Erinnerungen an Mike Jonas und mich, wie es uns gar nie gegeben hatte. Wir beide in einer Wanne, er mit Schaumfetzen hinter den Ohren, die ich zärtlich mit der Zungenspitze zerplatzen ließ. Ich mit einer Krone aus Schaum auf den nassen Haaren, einer Krone, die er mir liebevoll formte. Das konnte ich mir vorstellen, und zwar nur, weil Mike Jonas vor mir sitzen blieb, den alten Mercedes steuerte, erzählte und erzählte, obwohl ihm längst niemand mehr zuhörte, und dabei so ruhig blieb, dass er nicht einmal einen Finger am Lenkrad krümmen musste, um seinen vielen Worten Ausdruck zu verleihen.

Eva an seiner Seite war eingeschlafen mit offenem Mund, ein Spuckefaden glitt ihr sanft aus dem Mundwinkel. Jetzt ließ auch ich den Kopf in den Nacken sinken, das war unangenehm, mir fehlte die Kopfstütze, mein Kopf knallte gegen die Scheibe. Mike Jonas fuhr zusammen, ob alles klar sei, wollte er wissen. Ja, antwortete ich und war mir nicht sicher, ob ich geschrien hatte, alles war klar, er sollte mir noch ein Stück meines Herzens rauben. Wir hatten den Stoff dabei, der uns in wenigen Stunden ins geistige Universum schießen würde, unsere täglichen Hirnfunktionen außer Kraft setzen oder was übrig davon war. Wir rauschten im alten Mercedes durch die klare Frühlingsnacht, die nicht wirklich dunkel werden wollte. Ich meinte, nach den Sternen greifen zu können, jetzt und sofort, ich kurbelte mein Seitenfenster herunter, um diese Nacht zu atmen, so kann nur der Frühling riechen, es roch nach Transzendenz, nach Anfang, multiplen Persönlichkeiten und neuen Identitäten. Plötzlich war ich eine andere. Eva streckte sich, ließ einen ihrer Wirbel knacken. Sie war wohl aufgewacht, aufgetaucht aus ihren Träumen, und ich konnte nicht warten, ich musste ihr von diesem Geruch erzählen, diesem Dampf des Lebens, der durch den Fensterschlitz mir in die Augen, in das Bewusstsein strömte. Mach das Fenster zu, rief Eva mir zu, es zieht.

Bärbel Stock holte einen kleinen Beutel mit Hanfblüten heraus. Hier geht es um das Mysterium des Seins, erklärte sie. Auf ihrem Schoß lag ein übergroßes Zigarettenpapier, sie streute Tabak hinein und die Blüten darauf, doch dann musste Mike Jonas scharf bremsen, Tabak und Hanf flogen durch die Luft, Bärbel schimpfte, doch noch mehr schimpfte der Fahrer des Wagens hinter uns, ein dicker Opelfahrer mit Schnurrbart, der auf die Nebenspur hatte ausweichen müssen. Ach, leck mich am Arsch!, rief Mike

Jonas und hupte zurück. Eva streichelte ihm den Nacken. Sie schob seine Haare zurück, um ihren Fingern Platz zu machen, und Mike Jonas schnurrte wie eine Katze. Fehlt nur noch, dass er den Kopf in ihren Schoß legt, dachte ich. Zwischen Staub, Brotkrümeln und Erdklumpen lagen Hanf und Tabak verstreut. Tatsächlich brauchte man alles nur zusammenzuklauben und mit den Händen zu zerreiben, dann wäre auch unsere kleine Gemeinschaft zerrieben, wie sie hier so andächtig auf wenigen Kubikmetern zusammensaß. Was hielt uns schon zusammen, nicht mehr als ein paar Kilo Blech, Schrauben, Metall und Plastik. Mike Jonas schnurrte, Bärbel fluchte und ließ das mühsam aufgeklaubte Zeug wieder zu Boden fallen. Es hatte keinen Sinn, hier etwas bewahren zu wollen. Vielleicht war es doch das Ziel, auf das es ankam, und nicht der Weg. Einen gemeinsamen Weg, den hatten wir, er lag vor uns, wir fraßen ihn kilometerweise unter uns weg. Wir waren unterwegs, aber eine Gemeinschaft waren wir nicht. Wir konnten nicht einmal die Landschaft gemeinsam genießen, nicht das Kraut zusammen rauchen, es misslang uns sogar, uns gegen einen genervten Opelfahrer zusammenzufinden. Wir wollten nur noch ankommen, an dem Ort, wo wir erneut auf ein ekstatisches, uns spürbar veränderndes Erlebnis hofften, auf Sterne, die sich in Bewegung setzten oder uns wenigstens zuraunten, Erdstrahlen, die sich in unser Bewusstsein schoben und wucherten, einfach eine Erkenntnis eben, ein Hinausschreiten über die uns auferlegte geistige Begrenzung.

Der Asphalt tat sich vor uns auf, als wir endlich das Gelände des Festivals erreichten. Die Straße war durch eine Baustelle blockiert, gesäumt von rot-weißen Planken und flackernden Signallampen, die das riesige Loch in der Mitte noch größer erscheinen ließen, als hätte ein Meteorit hier vor kurzem die Erde aufgepflügt. Wir stiegen aus und schauten in dieses gähnende Loch, dessen Tiefe von einem roten Blinklicht ausgeleuchtet wurde. Abgefahren, sagte Mike Jonas, das Wort kam in langen, gedehnten Silben aus seinem Mund, fast gelallt, als hätte ihn das blinkende Licht und das unergründliche Schwarz vor uns bereits in einen Rausch versetzt. Über uns stand ein Mond, so vollkommen rund und groß und mir damit so fremd, als würde ich ihn zum ersten Mal im Leben sehen. Mike Jonas war begeistert. Vollmond!, rief er und schüttelte seine Haare. Bei Vollmond gepflückt, jubelte er, entwickeln Pilze ihre größte Wirksamkeit …

Es geht genau darum, zu verstehen, dass der Buddha nichts ist als die frisch geschnittene Hecke am Ende der Straße, zu begreifen, dass sich das Universum in einem Sandkorn befindet, informierte uns Mike Jonas beim Weiterfahren. Eva, die seit der Baustelle aus dem Seitenfenster starrte, drehte sich zu ihm. Leicht vornübergebeugt, die Hände an den Unterleib gepresst, als müsste sie ihr Zwerchfell schützen, begann sie zu lachen. Sie lachte Mike Jonas aus und konnte gar nicht mehr damit aufhören. Wieder einmal kamen wir nicht an.

Während der gesamten Fahrt hatte ich nicht an den Blonden gedacht. Erst als wir langsam an einer unendlichen Schlange von Fahrzeugen in allen Formen und Größen vorbeifuhren, fiel er mir wieder ein, so dass ich zusammenzuckte, als würde ich plötzlich das Gleichgewicht verlieren. Wie soll ich ihn hier nur finden?, fragte ich mich. Hin und wieder lag einer zwischen den Autos auf der Erde und schien zu schlafen, oder ein anderer stand an einen der Busse gelehnt und pinkelte ins Gras. So viele Autos, so viele Busse. Ich hatte ein schlechtes Gewissen, weil ich dem Blonden nicht geantwortet hatte, sondern einfach die

Karte behalten und mit Freunden hergefahren war. Mit Fremden, die nichts von ihm wussten. Aber ihm hatte ich von Eva und Simone erzählt. Freundinnen von früher, hatte ich gesagt. Damals, in den Tagen auf dem Parkplatz, der, wie es rückblickend aussah, vorübergehenden Schonzeit meiner orientierungslosen Existenz. Danach war ich wieder bei mir selbst gelandet, und da war ich immer noch.

Später, als wir irgendwo angehalten und einen Platz gefunden hatten, das Zelt aufgestellt und hineingekrochen waren, lag ich wach und starrte in die Dunkelheit. Mike Jonas, schläfst du schon, flüsterte ich irgendwann. Es raschelte aus der Ecke von Simone und Bärbel. Unendlich kam mir diese Nacht vor, die erste Nacht auf dem Festival, in der ich doch nicht mehr nach dem Blonden gesucht hatte, die Nacht, in der ich zwischen Mike Jonas und der Zeltwand schlief. Hatte ich denn schon geschlafen? Ich wusste es nicht. Ich lag wach, ich dachte an den Blonden, dachte an Mike Jonas, und über uns wanderten die Sterne. Sicher war ich mir nicht, ob wir im oder unter dem Universum lagen, oder kreisten wir synchron dazu in unseren eigenen kleinen Bahnen unbekannter kosmischer Räume? Eingesperrt auf wenigen Quadratmetern, umschlossen von Sternen, wasserabweisender Plane und Reißverschlüssen, das war unsere Galaxie. Die Simone-Anne-Eva-Galaxie, in der Mike Jonas und Bärbel herumschwirrten wie zufällig hereinkatapultierte Satelliten.

Mike Jonas, flüsterte ich in meinen Schlafsack, schläfst du? Ich atmete in die Dunkelheit. Ich schluckte die Dunkelheit, weit sperrte ich den Mund auf und saugte das Schwarz in mich hinein. Schon erkannte ich das dunkle Rot der Zeltplane über mir, oder war es das Aufleuchten eines Feuerzeugs? Eine kalte Hand schob sich nach einer Weile in meinen Schlafsack. Die Hand griff grob an meine

Brüste, zerrte das Hemd hoch, fingerte über meine Warzen, als wollte sie sich vergewissern, dass sie existierten, dass sie zu mir gehörten, und wanderte weiter zwischen meine Beine. Als die Finger der Hand meine Schamlippen auseinanderschoben, fuhr ich mit den Fingern den Arm entlang. Mike Jonas, flüsterte ich. Für einen Moment war ich erlöst, es war der Moment, in dem sich alles um mich herum auflöste, kurz vor dem Abheben. Ich folgte dem Arm, der Schulter, meine Finger krabbelten den Bauch hinab. Er war weicher geworden, der Bauch von Mike Jonas, während der Fahrt war mir nicht aufgefallen, dass er zugenommen hatte. Es war feucht da unten, als würde ich in ein Gestrüpp aus Wurzeln in feuchter Erde fassen. Schockartig wurde mir bewusst, dass zwischen den Beinen von Mike Jonas nichts weiter war als eine Ritze. Bevor ich diesen Gedanken weiterverfolgen konnte, presste sich ein Gesicht auf meins, eine Zunge zwang sich in meinen Mund. Die Zunge füllte meinen ganzen Kopf aus, ließ das Gehirn schrumpfen, ich stöhnte, der Mund, der zu der Zunge gehörte, stöhnte auch. Meine Beine zitterten, die fremden Beine ebenfalls.

Ich erwachte von dem Klicken eines Feuerzeugs. Die anderen saßen im Kreis auf ihren Schlafsäcken. In der Mitte saß Mike Jonas und hatte sich einen Joint angezündet, er inhalierte und blies den Rauch aus den Nasenlöchern. Den Joint gab er an Bärbel weiter. Die Finger meiner rechten Hand fühlten sich klebrig an. Ich wollte nicht wissen, wessen Hand sich vor wenigen Stunden in meinen Schlafsack geschoben hatte. Mike Jonas war es jedenfalls nicht gewesen. Das machte mir seinen Anblick unerträglich. Ich hatte an die Zeltwand gepresst geschlafen, und da blieb ich jetzt liegen, atmete die Kälte ein, die vom Boden aufstieg, versuchte die Augen schmal zu halten, damit es so aussah, als schliefe ich noch, suchte die Wut zu unterdrücken, und horchte auf die Versammlung der anderen.

Da saß er, die Beine gekreuzt wie ein Buddha, und erläuterte seinen Traum. Er sei gerufen worden, unglaublich, aber wahr, da waren Stimmen, die hätten seinen Namen gerufen. Das war ich, dachte ich, ich hatte seinen Namen gerufen, doch ich sagte nichts. Ich wollte keine Aufmerksamkeit auf mich lenken, zu groß war meine Angst, jetzt in die Gesichter der anderen zu schauen. Und er habe sich erhoben, um den Stimmen zu folgen, erzählte Mike Jonas weiter, das sei kein normaler Traum gewesen, er habe sich selbst zusehen können, wie er aufstand, wie sich seine Seele oder ihre Hülle oder so ähnlich bewegte. Wenn man sich in Träumen bewusst sei, dass man träume, dann sei das kein Traum mehr, nicht, wenn er weiterging, dann sei das der Eintritt in die transzendente Welt, und das sei ihm, Mike Jonas, in dieser Nacht passiert. Simone hustete, sie hatte Rauch geschluckt, Bärbel klopfte ihr auf den Rücken, Eva nahm Simone den Joint aus der Hand. Also er, in Gestalt seiner Seele, sei den Stimmen gefolgt, aus dem Zelt hinaus, hinein in die Nacht, zu den Autos, das Festivalgelände hätten er und die Stimmen bald hinter sich gelassen, irgendwann seien sie nur noch geflogen, es war ein tiefer Fall, es war wie ein Schlag gegen die Brust, als sei ihm einer mit seinem ganzen Körpergewicht auf der Brust gestanden.

Eva begann zu kichern und hielt sich die Hand vor den Mund. Ich starrte die Runde an. Es war ein Sturz ohne Ankunft, so Mike Jonas weiter, und doch sei er irgendwann wieder auf zwei Beinen gestanden. Er habe an einem See gestanden, See sei vielleicht übertrieben, ein Wasserloch, vielleicht auch ein Brunnen, jedenfalls nass, und er habe seinen Durst gestillt. Als er sich aufrichtete mit tropfendem

Gesicht, Mike Jonas habe getrunken wie ein Tier an der Tränke, seien da Augen im Wasser gewesen, zugehörig zu einem indischen Gesicht, dem indischen Gesicht eines alten Mannes, eines sehr alten Mannes, eines weisen Mannes, eines Schamanen.

In Indien gibt es keine Schamanen, sagte Eva, sie hielt den Joint spitz zwischen Daumen und Zeigefinger, zog noch einmal daran und reichte ihn dann Mike Jonas weiter. Schamanen gebe es nur in Sibirien und in Grönland, allenfalls noch in Nordamerika, jedenfalls im Norden Asiens und nicht im Süden, nicht in Indien. Mike Jonas rede Quatsch, sagte sie, stand auf und schlug sich auf die Knie, als klopfe sie Staub ab. Mike Jonas, sprachlos, starrte sie mit aufgerissenem Mund an, der brennende Joint knisterte ihm zwischen den Fingern. Aber, stammelte er dann, ich habe ihn doch gesehen, ich war doch dabei, der Schamane, ist doch unwichtig, ob Inder oder Sibirer, seinetwegen auch Deutscher, der hätte ihm eine Botschaft übermittelt, er, Mike Jonas, sei auserwählt. Eva riss den Reißverschluss auf, ritsch-ratsch, machte es, Mike Jonas beugte sich vor, wollte sie aufhalten, krabbelte auf allen vieren hinter ihr her, der Joint zwischen den Fingern brannte Löcher in den Stoff unserer Schlafsäcke, es stank nach verbranntem Plastik. Mike Jonas kamen die Tränen, Eva war fort.

Der Einzige, der in diesem Zelt Verbindung zu höheren Wesen aufnahm, war der Joint, der in dem Synthetikfutter eines Schlafsacks verglühte. Mir wurde übel. In meinem Kopf drehte es sich, obwohl ich gar nicht an dem Joint gezogen hatte. Mit weichen Knien trat ich ins Freie. Vor meinen Augen breitete sich kein Anblick des Friedens aus. Das Festival schien sein Motto, *Daheim auf Mutter Erde*, erfolgreich verfehlt zu haben. Es roch nach Pisse und Erbrochenem, leere Bier- und Sektflaschen lagen zwischen den Zelten herum. Ich fröstelte. Auf dem Boden lag Nebel, dabei war es fast Mittag. An mir vorbei hüpfte zielstrebig und konzentriert ein Mann in seinem Schlafsack, als wäre er auf dem Weg zur Arbeit oder als wollte er unbedingt das Sackhüpfen auf einem Kindergeburtstag gewinnen wollen. Hey, rief ich ihm zu, bist du ein Schamane? Der Mann hüpfte keuchend, ohne anzuhalten, an mir vorbei.

Wie anders war doch das Fest im Wendland gewesen, sagte ich zu Simone, als ich zurück in unsere Höhle aus Zeltstoff kletterte. Einfach nicht kommerziell, antwortete Simone und zog ihre Hand unter Bärbels Pullover hervor. Dabei rutschte der Pullover hoch und zeigte eine Bauchfalte Bärbels, die mich herausfordernd angrinste, als wollte sie mich an etwas erinnern. Schnell verscheuchte ich den Gedanken an die letzte Nacht, es musste nicht sein, sagte ich mir, es musste nicht sie gewesen sein, außerdem könnte es auch überhaupt nicht gewesen sein.

Solche profanen Dinge wie Nahrungsaufnahme kamen mir bei aufregenden Unternehmungen wie diesen meist nicht mehr in den Sinn, und so wunderte ich mich, dass ich für einen Moment die Orientierung verlor, sich das Tageslicht aus meiner Wahrnehmung verabschiedete, ich meinte in ein dunkles Loch zu fallen, doch dann war alles wieder da, Simones freundliches Gesicht mit den dunklen Strähnen, den wässrigen Augen, Bärbels Grinsen, das Keuchen des Sackhüpfers – er hüpfte wohl im Kreis um unser Zelt herum –, die Abwesenheit von Eva und Mike Jonas. Ich brachte das Thema Essen auf, erzeugte damit aber alles andere als die gewünschte Reaktion, denn Bärbel holte ein Tütchen Gras aus ihrem Slip hervor, was ich erleichtert feststellte, denn wenn sie Hasch in der Unterhose trug, konnte es vielleicht doch nicht sie gewesen sein in der

Dunkelheit. Simone hielt mir einen Schokoriegel hin. Das bringt den Zuckerhaushalt wieder in Ordnung, sagte sie. Ich antwortete nicht.

Da stand ich irgendwo an der holländischen Grenze auf einer Wiese, hungrig, und das nicht nur nach Nahrung, ich bewegte mich fort von dem Zelt, unserer Zelle aus Stoff. Jetzt, dachte ich, musst du ihn auch suchen, den Blonden, den mit dem Bus, den Zärtlichen, mit den Haaren im Ohr und in der Nase, den du vielleicht nicht, vielleicht doch geliebt hast, jetzt musst du ihn suchen, auch ohne dich für irgendetwas entschieden zu haben. Das war es wohl, was mein größtes Problem war, in Wahrheit nicht in der Lage zu sein, eine einzige Entscheidung mit Konsequenzen zu treffen, denn letztlich fiel doch jede Entscheidung mit den realen Folgen auseinander, Erwartungen und Entscheidungen werden nie übereinstimmen, es ist wie der Unterschied zwischen der Aufnahme einer Liebesszene und dem späteren Filmausschnitt. Mann und Frau sind niemals entspannt, sie sind nicht mal ein Liebespaar, sondern Schauspieler, vor allem sind sie nicht allein, wie der Film später glauben lässt. So ist es mit dem Erwarteten und dem Wirklichen, nur dass hier die Fiktion an erster Stelle steht, beim Film eben an zweiter.

In dieser Reihenfolge hatte auch die Liebe meiner Eltern begonnen, erst war da das Ende gewesen und dann der Anfang. Schluss hatten sie machen wollen, nicht miteinander, sondern mit dem Leben. Das hatte mir meine Mutter mehrmals erzählt und dabei die Brücke beschrieben, eine überaus hässliche Brücke muss es gewesen sein, die Eisenkonstruktion einer Eisenbahnbrücke, auf deren Rand man nur klettert, wenn man etwas erleben oder wenn man eben nicht mehr leben will. In den Schilderungen meiner Mutter verwandelte sich diese Brücke jedoch immer vom tristen

Eisengestell in eine noble Angelegenheit oder doch zumindest in eine imposante Architektur. Mein Vater schwieg regelmäßig zu den Erinnerungen seiner Frau, zu diesem Ereignis, das sein Leben wohl maßgeblich bestimmt hatte, mochte er nichts sagen, es hatte immerhin dazu geführt, dass er sich mindestens einmal in der Woche über Rosinen in seinem Salat ärgern musste. Auch schien mein Vater das Misslingen seines wohl ersten und einzigen Selbstmordversuchs nie ganz verwunden zu haben, jedenfalls zeigte er einen dazu passenden Gesichtsausdruck. Meine Mutter berichtete umso ausführlicher, erzählte mit weiten Spannungsbogen und vielen Schleifen von ihrer ersten Begegnung mit meinem Vater. Es war ein Märchen, das mittlerweile nicht mehr ganz zu ihrem Leben passen wollte. Das Märchen von gestern wollte einfach nicht mit den zwei grauen Gestalten von heute übereinstimmen, die im Schatten der Dämmerung jenes kalten Februarmorgens das Geländer einer Brücke im Rheinland erklommen, um den Sechsuhrdreißig-Schnellzug zu erreichen. Ein lächerliches Accessoire machte ihren Plan zunichte, nämlich der Kamm aus Metall, den mein Vater schon damals in der Innentasche seines Jacketts zu tragen pflegte. Wäre ihm der Kamm beim Erklimmen der Brücke nicht aus der Tasche gefallen, die beiden Kletterer hätten sich am Ende wohl gar nicht bemerkt. Schließlich war die Brücke und mit ihr der Sechsuhrdreißig-Schnellzug unter den Selbstmordkandidaten bis weit über die Stadtgrenzen hinaus bekannt, und das Gerücht behauptete, an dieser Stelle gebe es keine Fehlschläge, es sei eine sichere Sache. Nur meine Eltern brachten es fertig, an dieser todsicheren Stelle ihren Tod zu vermasseln, eines schmalen Kamms wegen, mit dem mein Vater noch heute das wenige ihm verbliebene Haar zurechtlegt. Als der Kamm fiel, machte er ein klirrendes Geräusch auf dem eisernen Brückenboden, so dass meine Mutter, die schon eine Weile auf dem Geländer stand, fast hinuntergefallen wäre. Sie sah den Kamm am Boden, und dazu den Mann, der in gebeugter Haltung am Geländer hing beim Versuch, es zu besteigen, der Kamm am Boden, der Mann oben, und sowohl sie als auch mein Vater folgten dem Impuls, den halben Meter hinabzuspringen, um den Kamm vor seiner endgültigen Einsamkeit auf der Brücke zu retten, schließlich war noch Zeit, bis der Zug kam, sie würden ihn nicht verpassen, doch als sie beide sich auf dem sicheren Boden der Brücke befanden, mein Vater einen Moment früher als sie, wurde ihnen schlagartig die Peinlichkeit ihrer Absichten bewusst, und sie konnten nicht anders, als über sich selbst zu lachen, und wer über sich selbst lacht, der bringt sich nicht gleich um.

Das Resultat war nun ich, das Resultat eines Zufalls mit Kamm, und jetzt stand ich auf einer zermatschten Wiese, mit Drogen im Blut, an einem sehr späten Morgen, und ich merkte, dass mir die Musik hier nicht gefallen würde, zu laut, zu dröhnend, zu sehr die Mischung aus Heavy, Soft und Punk, die nur mit Anstrengung zu ertragen war. War es da ein Wunder, dass ich nicht an Entscheidungen glaubte, da sie sowieso nur etwas Zufälliges einbrachten, dass ich orientierungslos war, noch immer, dass ich meine Gefühle nicht kontrollieren konnte? Doch da stand ich, und ich bewegte mich sogar, endlich konnte ich sogar den Bus entdecken, den blauen Bus, der mir einmal so viel bedeutet hatte, und ich freute mich, ihn zwischen anderen Bussen und Autos zu entdecken. Ich lief auf ihn zu, tatsächlich.

8

Er kauerte am Boden und spielte mit seinen Runensteinen wie ein kleiner Junge mit seinen Autos. Schob sie hin und her, nahm den einen oder anderen hoch, um ihn genauer zu betrachten. Die Bässe der Musik von der Bühne ließen die Scheiben vibrieren, ich hoffte, eine würde nachgeben, zerspringen, damit er den Blick hob, damit nicht ich ihn auf mich aufmerksam machen musste. Aber nichts passierte, es war wohl doch mehr ein zartes Zittern, es reichte nicht aus, um hier etwas zum Platzen zu bringen. Die Türen des Busses standen offen. Ich war durch die Vordertür eingetreten, er hockte hinten am Boden auf der Matratze. Auf ihn zugehen konnte ich nicht, doch hinaus kam ich auch nicht mehr. So stand ich, die Arme schlaff an den Seiten, in seinem Bus. Ich stand da und hoffte, dass dieses Gefühl zu mir zurückkehren würde. Du musst ihn ansprechen, dachte ich, doch ich schaute ihm einfach nur zu, wie er da saß mit seinen Steinen am Boden, die er betrachtete, als habe er sie verstanden, als sei er im Einklang mit ihrem Wesen, als habe er ihre Botschaft endlich entschlüsselt.

Ich erinnerte mich an den Tag, als er mir die Steine gelegt, den eingeritzten Zeichen Namen gegeben hatte. Das steht für Donner, hatte er gesagt, du scheinst in einer sehr energiereichen Phase zu sein, hatte er auch gesagt, und mir fordernde Küsse auf die Lippen gedrückt, als wolle er etwas abhaben von meiner energetischen Phase, von der ich selber nichts wusste. Ärgerlich war ich geworden, weil ich die Zeichen seiner Runensteine und die Bedeutung, die er ihnen gab, nicht verstand, fast genötigt hatte ich mich gefühlt, seine heftigen Küsse zu erwidern, wieder und wieder waren unsere Münder aneinandergestoßen, bis mir die Schneidezähne so weh taten, dass ich glaubte, sie müssten Risse haben, also befreite ich mich aus seiner Umklammerung, nahm meine Hand aus seiner Hose und rannte zum Fahrersitz, um in den Rückspiegel zu schauen. Meinen Zähnen war nichts passiert.

Das war das mit dem Blonden, dachte ich und wollte mich umdrehen und gehen, aber ich rührte mich nicht. Schließlich genoss ich seinen Anblick, der Zopf, der ihm über die linke Schulter fiel, das bis zu den Brustwarzen aufgeknöpfte Holzfällerhemd, die Lederweste darüber, all das ließ ihn archaisch und stark aussehen. Ein Anblick, in den ich mich verlieben könnte, den ich vielleicht längst liebte. Tatsächlich, ihn da sitzen zu sehen, machte mich schon glücklich, so glücklich, dass ich mich endlich umdrehen und aus dem Bus stürzen konnte.

Ich ging nicht, ich rannte zurück zu unserem Zelt, dem kleinen Universum aus stickiger Luft und Ungewissheit, der Gemeinschaft, die ich mittlerweile hasste, aus der ich mich aber nicht lösen konnte, um endlich den Blonden zu lieben. Lieben, ja, tatsächlich hätte ich in diesem Moment nichts anderes machen wollen als den Blonden zu lieben, seine Haare auf meinen Schultern spüren, seine Küsse auf meiner Brust, ich begehrte ihn mehr als jemals, und je weiter ich mich von dem blauen Bus entfernte, umso sehnsüchtiger wurde ich.

Ich rannte, die Tränen liefen mir übers Gesicht, und ich hörte ein Lachen in meinem Rücken, aber ich drehte mich nicht um, sondern starrte angestrengt auf meine Füße, fokussiert auf meinen Weg fort von dem Blonden, konzentriert darauf, nicht zu wanken und mich umzudrehen, und so rannte ich schließlich in die lange Eva hinein. Sie stand mitten in der Menschenmenge auf der Wiese, trug

Jeans und ein weißes Hemd, was weiter gar nicht auffiel, denn Eva war ein Chamäleon, sie passte überall hinein, sogar in dieser Kluft in diese Umgebung, ein weißer Tupfer auf dunklem Grund, als müsse das so sein, vollkommen natürlich. Ich habe genug von seinem Schamanengehabe, sagte Eva, ich will jetzt endlich anfangen. Ich verstand nicht gleich, womit sie denn anfangen wollte, aber ich traute mich auch nicht, danach zu fragen, ihr Blick ging entschlossen an mir vorbei, über die von Autos, Bussen, Zelten und dunkel gekleideten Gestalten asphaltierte Landschaft. Das ist Natur, sagte Eva und atmete aus.

Es war noch nicht dunkel geworden, trotzdem standen Teelichter in unserer Mitte, die Bässe waren im Lauf des Tages kräftiger geworden, die Festivalbesucher mehr und mehr aus der Fasson geraten, der Blonde war mir nicht wieder über den Weg gelaufen. Tatsächlich wäre ich wohl schon wieder zurück zu ihm gelaufen, wenn ich nicht mit Eva zusammengestoßen wäre. Ich fand den Mut nicht, ihr zu verstehen zu geben, dass ich nicht länger das fünfte Rad am Wagen sein wollte. Nicht mehr der Ersatzreifen, der im Kofferraum bereitliegt und auf Einsatz wartet. Dass es da jemanden gab, den ich meinte zu lieben. Doch allein diese Tatsache kam mir selbst so abstrus vor, dass ich lieber schwieg.

Die Flammen schwammen in ihren Aluminiumbechern, Eva legte uns die abgezählten Pilze in den Schoß, und Mike Jonas murmelte etwas vor sich hin, vielleicht war es Indisch, vielleicht Pakistani, eine Sprache, die fremd klingen sollte, die keiner von uns beherrschte, am wenigsten Mike Jonas selbst, der Kerl mit seinem Schamanengehabe.

Sie schmeckten nach Erde, Schmutz und Feuchtigkeit und verklebten mir den Hals und die Speiseröhre, dass ich glaubte, an ihnen ersticken zu müssen, noch bevor sich die Tore geöffnet hatten, bevor ich eingetreten war in eine andere Welt. Ich seufzte, stöhnte und röchelte in meine Handfläche, bemüht, die anderen nicht bei ihrem Ritual zu stören, ich war sicher, an den Dingern ersticken zu müssen, so sehr ekelte ich mich. Doch Bärbel Stock kam mir mit einem kräftigen Schlag zwischen meine Schulterblätter zuvor. Sie lachte, als ich nach vorne fiel. Kotz die Tore der Wahrnehmung nicht aus, rief sie und schlug sich vor Lachen auf die Schenkel. Bärbel hatte ihren runden Körper in ein weites blaues Kleid mit gelben Blumen gehüllt, mit Spaghettiträgern, für die es eigentlich zu kalt war, doch das schien sie nicht zu stören, im Gegenteil, sie ließ den wenigen Stoff noch über ihre Schultern hinabgleiten. Darunter stachen ihre Achselhaare hervor. Ich schluckte verzweifelt, aus Angst, etwas von dem Psilocybin aus den Pilzen zu verlieren. Ich wollte nichts verpassen, ich wollte dabei sein, bei Eva und Mike Jonas, warum, wusste ich längst nicht mehr, alles andere war mir inzwischen auch egal. Wegen ihnen war ich hierhergefahren, wegen ihnen wollte ich die Pilze nehmen, und vielleicht auch wegen des Blonden, da war etwas, das ich nicht verstand, das ich aber spüren konnte. Der Blonde kauerte am Boden und befragte das Schicksal, während wir hier es in die Hand nahmen. Wir hatten es eingeworfen wie Münzen in einen Spielautomaten, nun warteten wir auf das Rotieren der Räder, die Knöpfe würde der Zufall drücken. Mein Körper zuckte unkontrolliert, wehrte sich gegen den Geschmack feuchter Erde, gegen die Vorstellung, etwas zu essen, das auf Schafscheiße gediehen war und zwei Tage im Auto vor sich hin gegammelt hatte. Als Mike Jonas über mich lachte, gelang es mir schließlich, meinen Körper unter Kontrolle zu bekommen. Ich ließ das Würgen bleiben, dafür wuchs in mir eine kleine Wut. Sie kroch zwischen meinen Beinen hoch, in mich hinein und durch die Gedärme hindurch, und sie starrte Mike Jonas an, wie er da saß, an Eva gelehnt, mit seinem einfältigen, selbstgefälligen Ausdruck im Gesicht, der bedröhnt aussehen sollte. Du kannst noch nichts spüren, Jonas, fauchte die Wut, und ich gab ihr meine Stimme, weil ich wusste, dass Mike Jonas es nicht mochte, nur bei einem seiner Namen genannt zu werden, und den zweiten allein mochte er schon gar nicht. Jetzt war es an mir, zu lachen, und Eva lachte mit, zog ihren Körper als Stütze von Mike Jonas zurück, was die Wut in mir aufleuchten ließ, hell und klar und unglaublich warm flackerte sie in mir auf, glühte und verlosch.

Eine Weile diskutierten wir, ob es besser wäre, jetzt hinauszugehen. Input, rief Bärbel Stock, wir müssen Eindrücke sammeln, damit wir sie in uns neu und immer wieder anders verorten können. Aber Simone hatte Angst. Die vielen fremden Gestalten da draußen waren ihr unheimlich. Also blieben wir sitzen, und während wir diskutierten, verging die Zeit. Und mit der Zeit lösten sich die Pilze auf in unseren Mägen, wurden zum Teil des Übrigen, das sich durch die Gedärme zwängte, suchten ihren Weg ins Blut, das Psilocybin klinkte sich ein in den Kreislauf und fand seinen Weg ins Gehirn, wo es sich ausbreitete, denn hier war sein Ziel, hier gehörte es hin, es sickerte durch die Hirnzellen, löste sich auf, vielleicht würden Teile davon für immer hier ein neues Zuhause finden. Unser Denken wurde glatter, aber nur für einen Moment, es war, als würden wir in einer Achterbahn sitzen, in dem verlangsamten Augenblick, bevor die Schussfahrt beginnt, jeder war für sich, doch wir saßen im selben Wagen und waren uns jetzt endlich so nah, als hielten wir uns an den Händen. Für Sekunden, die uns wie Stunden vorkamen, waren wir endlich eins. Unsere Gesichter begannen zu leuchten, die Farben im Zelt wurden stärker, dabei war die blaue Stunde längst vorbei, alles war in Grau getaucht und die Kerzen waren fast abgebrannt, aber mit einem Mal waren da diese Farben, jede Farbe für sich und alle zusammen, ein bunter Strauß, der sich drehte, und dann ging es los.

Die Wände des Zeltes begannen zu atmen, flach und leicht sogen sie uns ein und spuckten uns aus. Da saßen Mike Jonas, Bärbel und Simone, und sie lachten, lachten über Bärbels Nase oder Simones Kinn, sie konnten das eine nicht mehr vom anderen unterscheiden, und Eva kauerte in einer Ecke, in ihren Schlafsack gewickelt, und murmelte vor sich hin: Aber wieso, ich spüre nichts. Was bei Mike Jonas einen erneuten Lachkrampf auslöste und Eva zum Schweigen brachte. Sie war auf einmal so klein, so in sich gesunken wie ein Strandball, aus dem die Luft herausgelassen war, so hatte ich sie noch nie gesehen, ich wollte zu ihr gehen, sie in den Arm nehmen, aber ich war gefangen im Atem der Zeltwände, sie kamen auf mich zu, ganz nahe heran, bis ich ihre Wärme dicht an meiner Haut spüren konnte, und zogen sich zurück. Wir sitzen im Zwerchfell der Zeit, flüsterte ich, doch niemand der Anwesenden schien mich zu hören, und mit einem Mal war es mir egal, ob ich verstanden wurde, ob mir überhaupt Beachtung geschenkt wurde. Ich war einfach nur da, und da waren die Wände und ihr Beben, und ich wollte nicht gestört werden, wollte nur dieses Atmen sehen und sitzen bleiben, im Zwerchfell der Zeit.

Und als mir die dunklen Wände am nächsten waren, da meinte ich, jetzt sei der Moment da, in dem sie mich verschlucken würden, in dem ich mich endlich auflösen durfte oder einfach in die Dunkelheit hineinschweben und nichts mehr sein als Atem, genau wie es der Guru gesagt hatte, nur noch ein und aus und nichts sonst, ich freute mich nur auf den nächsten Atemzug, denn Zug um Zug wurde ich in die Dunkelheit hineingezogen. Ich war angekommen im Nirwana.

In diesem Moment wurde das Dunkel, in dem ich mich eben wie in einer neuen Heimat eingerichtet hatte, brutal von einem leuchtenden Strahl zerrissen. Auf den Strahl folgte ein Schrei, oder waren sie gleichzeitig?, ich konnte es nicht erkennen, ob meine Wahrnehmung verzerrt war, erst Schrei und dann Strahl oder umgekehrt oder beides zusammen. Ob sie überhaupt wirklich waren oder nur in meiner Vorstellung. Jemand sprang auf oder versuchte aufzustehen, was im Zelt gar nicht möglich war. Mike Jonas lachte, als säße er in der Hölle, als wäre er der Teufel persönlich, seinem Lachen folgten wieder Schreie, grelle und scharfe Frauenschreie, die nicht mehr aufhörten. Es wurde immer heller um mich herum, und heißer wurde es auch, so dass ich die Augen zukneifen musste, die Hand vors Gesicht halten, doch das gelang mir nicht, mein Gehirn konnte die gedachten Befehle nicht mehr in die Nervenbahnen leiten. Ich sprach die Befehle laut aus. Augen: zukneifen. Hand: heben. Doch weder die Augen noch die Hand reagierten. Ich konnte dabei zusehen, wie die Flammen durstig den mit Schlafsäcken gepflasterten Zeltboden in sich aufsogen. Wahnsinn, dachte ich, da ist ja ein Feuer, und gerade wollte ich meine Hand ausstrecken, um zu fühlen, ob das ein echtes Feuer war oder doch nur eine Erscheinung, eine Einbildung, da riss jemand an meinem Arm, fest und hart, zog mich zur Seite, zum Ausgang, der jetzt offen stand wie ein aufgerissenes Maul, als habe jemand ein großes Loch in das Zelt geschnitten. Ich fluchte, ich konnte meine Körperteile nicht so schnell in eine Reihenfolge bringen, wie dieser Mensch an meinem Arm es verlangte, mich zwang, das Zelt, meine Höhle, meine

Wände, meine Dunkelheit zu verlassen. Auch meine Organe wollten dort bleiben, sie hingen an den Wänden, als wären diese die sie umschließende Haut. Doch da war noch mein Körper, der mit beiden Beinen auf der Erde stand, vor unserem Zelt, und der zusehen konnte, wie die Flammen schnell und immer schneller die Zeltwände auffraßen. Ich starrte auf die Flammen, sie winkten wie die zarten Hände eines Kindes aus dem dunklen Stoff hervor, sie winkten mir zu, sie knisterten und riefen nach mir, und ich wollte zurück zu ihnen laufen, doch ich war wie festgewachsen, meine Füße hatten Wurzeln geschlagen, und die Flammen streckten ihre kleinen Finger hilflos nach mir aus. Jemand leerte einen Eimer Wasser über einen am Boden gekrümmten Körper, einen Körper aus geschmolzenem Fleisch, den man nicht mehr als Person erkennen konnte, vor lauter Dampf und verbrühter Hautmasse, doch ich wusste plötzlich, dass es Bärbels Körper war, vielleicht erkannte ich sie an den gellenden Schreien, und irgendwo im Hintergrund lachte Mike Jonas noch immer, ich konnte ihn nicht sehen, oder war er der Körper, der weiter hinten geschüttelt wurde, als wäre er eine Puppe, und wo waren jetzt Simone und Eva, oder hatte es sie nie wirklich gegeben? War ich wirklich hier, oder war das jetzt ein Traum, eine Wahnvorstellung, die von den Pilzen kam? Ich musste nur aufwachen, den Wahn loswerden, dann würden die Flammen vor meinen Füßen verschwinden, und auch der Geruch nach geschmolzenem Fleisch wäre fort.

Wieder riss mich jemand am Arm, und diesmal reagierte ich, folgte der Bewegung in der Hoffnung, endlich aufzuwachen, zu Hause zu sein oder meinetwegen in meinem Ashram, dem Meditationszentrum, aus dem ich vor Monaten geflohen war. Widerstandslos ließ ich mich fortziehen, die Flammen fluchten mir im Rücken, ich konnte ihre heiße Wut im Nacken spüren. Als die mich ziehende Kraft nachließ, blieb ich stehen. Ich blickte auf, nach einer Antwort suchend, und schaute in ein verstörtes und zerfurchtes Gesicht, eingerahmt von einem Schwung blonder Haare.

Ich wand mich, ich lachte in das faltige Gesicht, ich schlug nach den Händen, die mich hielten, ich biss in den Arm, der versuchte, meinen unkontrollierten Körper festzuhalten. Ich wusste, das war der Blonde, und er wollte mich halten, vielleicht sogar retten. Er würde mich fortbringen, und dann könnte ich zu Hause sein in seinem Bus, und ich würde an seinem Tisch sitzen und mit ihm seine Nahrung teilen und mich küssen und streicheln lassen, und dafür müsste ich meine Gedanken hergeben, denn immer hatte der Blonde mich gefragt: Was denkst du? Und schon damals, im Bus auf dem Parkplatz, hatte ich es ihm nicht verraten wollen, und jetzt wollte ich es erst recht nicht. In Bruchteilen von Sekunden wurde mir klar, dass es zwar eine Heimat war, doch nicht die, nach der ich so lange gesucht hatte, denn ich musste dafür hergeben, was ich gerade erst gewonnen hatte. Ich sollte mein Innerstes nach außen kehren, ich sollte den Schatz öffnen, denn er wollte meine Gedanken haben, den Rhythmus meines Atems mit mir teilen, den ich gerade erst gewonnen hatte. Wie es der Guru gesagt hatte: Ein und aus, *and nothing belongs and nothing remains except your breath*. Panisch biss ich zu.

Bist du verrückt geworden?, schrie der Blonde und riss seinen Arm hoch um meinen Hals, zerrte mich weiter zurück, fort von den Flammen, den Schreien und den blauen Lichtern, die jetzt über den Platz schwirrten. Ich musste erkennen, dass ich mich nicht wehren konnte, er würde mich nicht freilassen, eher würde er mich erwürgen. Also ließ ich meinen Körper fallen, das Gewicht riss auch ihn zu Boden, schnell stand er wieder auf, er hatte erkannt, in welchem Zustand ich war, und was das bedeuten würde, denn die Grenzpolizei musste eingeschaltet werden, und dann war es egal, ob wir das Zeug auf einem Acker gesammelt oder zum Weiterverkaufen gekauft hatten.

Er rappelte sich hoch, zerrte mich hinter sich her, und ich musste mit ihm laufen, mich seinem Körper, seinem Willen ergeben, bis er endlich stehen blieb. Wir waren mitten im Wald, um uns herum nichts als Bäume, Zweige, wieder die Dunkelheit, und weit hinter uns, nur noch schwach zu hören, Rufe, Sirenen. Nun fehlte mir der Atem, in mir kam Angst hoch, vielleicht hatte ich den richtigen Atem doch wieder verloren, eine Eule schrie, ein Uhu rief, ein Reh, vielleicht, ließ Zweige knacken, ich keuchte. Meine Brust bog sich wie Eisen, das glüht, die Lunge schrumpfte und fiel zwischen meinen Rippen einfach hindurch, denn an mir war nichts mehr, was mich zusammenhielt, auch die Haut war verschwunden, geschmolzen oder zerrissen, ich stand da mit schrumpfenden Organen, flackerndem Körper, ich wollte schreien und hatte keine Stimme, so küsste ich den Blonden aus purer Verzweiflung. Ich fiel über ihn her, jetzt war er es, dem die Kraft fehlte, er fiel einfach um, und ich auf ihn drauf, um die Reste meiner Zunge wie einen abgekauten Bleistift in seine Mundhöhle zu pressen. Der Blonde schloss die Augen und griff in meine nicht mehr vorhandene Brust.

Der Morgen graute in unbarmherziger Bitterkeit, oder hatten sich nur die Wolken verzogen, und jetzt machte sich ein Mond am Himmel breit, der strampelte und schrie? Die Sirenen waren verschwunden und mit ihnen die blauen Lichter, die zuvor die Nacht in zwei Hälften geteilt hatten, in eine hässliche und eine schöne, zwei Seiten, die sich nicht verbinden wollten, die sich hartnäckig getrennt hielten. Und mit den Lichtern war wohl auch der zuckende und nach verbranntem Fleisch stinkende Körper verschwunden. Jetzt war die Luft rein, ich wollte gehen, da fiel mir auf, wie gleichmäßig ich Sekunden zuvor geatmet hatte, ich musste eingeschlafen sein. Der Blonde lag mir auf der Brust und atmete in meinem Takt, natürlich, so hatte ich es mir vorgestellt.

Auch er wachte auf und wischte sich die Müdigkeit aus den Augen. Dann sah er mich an. In der zerfasernden Dunkelheit konnte ich nicht mal die Farbe seiner Augen erkennen. Er fragte: Was denkst du? Ich beugte mich über seine rechte Schulter und kotzte ins Gebüsch. Ich konnte Zweige erkennen und eine Wurzel am Boden, die gar keine Wurzel war, sondern ein am Boden kauernder Körper, der die Form eines Embryos hatte, der sich jetzt aufrichtete und sich auseinanderbog. Er besaß weder Gesicht noch Augen, seine Haut war verkohlt. Während er sich Stück für Stück auseinanderfaltete, wuchs er, wurde riesengroß, drückte die Zweige auseinander, hier und da riss er einen Ast mit sich. Da ich schon wieder auf dem Rücken am Boden lag, musste ich nicht nach hinten stürzen. Meine Pupillen weiteten sich, die Augenlider zogen sich vom Augapfel zurück, so dass der Blonde in meinem Gesicht einen Schrecken erkannte, der aber nicht mein Gehirn erreichte. Als hätte ich die entscheidenden Verknüpfungen, die Synapsen meiner Nervenbahnen vor wenigen Momenten einfach ausgekotzt. Ich sah in seinem Gesicht die Verzweiflung eines Menschen, der nicht wusste, was er im nächsten Moment tun sollte, der geglaubt hatte, von seinem nächsten Schritt würde abhängen, was danach kam und wieder darauf folgen würde, und so weiter, bis ins Unendliche, der Blonde war zum Gefangenen der Entscheidungsgläubigkeit geworden, der Blonde, der mir jetzt über die Schläfen strich, meinen Kopf zwischen seine beiden Frauenhände nahm, als wolle er ihn zerquetschen, den Schädel zusammendrücken, damit mein Gehirn freiliege und wieder befreit arbeiten könnte. Ein Mann mit so zarten Fingern würde es nie schaffen, einen Schädel aus Beton einzudrücken, trotzdem löste der Druck an den Seiten ein heftiges Pochen in meinem Kopf aus, vielmehr eine Art sonntäglichen Glockenschlag, um mich daran zu erinnern, dass es doch einen Gott gibt, zu dem zu beten sich lohnt. Also hob ich meine Augen stumm zum Gebet, ich faltete meine Lippen auseinander und ließ meine Zunge spielen, sollte er seine ruhig wieder in meinen Rachen stecken, dies war die einzige Sprache, die wir beide auswendig kannten. Doch der Blonde beugte sich vor, nicht um meine Lippen zu küssen, er drückte seinen Mund auf meine Ohrmuschel und flüsterte, nein, sang: *I'll be your mirror, reflect what you are, in case you don't know*. Ich schloss die Augen, der Boden drehte sich, der Wurzelembryo streckte seine knorrigen Arme nach mir aus, der Blonde schrumpfte, kletterte in mein Ohr und hüpfte wie ein Akrobat gegen das Trommelfell, dabei hörte er nicht auf zu singen, ich spürte Spuckefäden über mein Kinn laufen, auf der Brust, es mussten meine eigenen sein, ich wusste, der Embryo würde nicht aufhören zu wachsen, der Blonde nicht aufhören zu singen, und beide wollten tanzen, und das nur mit mir. Mir fiel nichts anderes ein, als zu schluchzen. Ich kannte das schon.

9 Was heulst du wieder?, er warf ein paar Runensteine nach mir. Einer traf mich an der Stirn, der andere am Ohr. Es knackte in meinem Gehörgang, das Rauschen kam zurück, ich kannte das, in den letzten Stunden hatte ich mich sukzessive an die Geräusche in meinem Ohr gewöhnen können. Da war das zarte Pfeifen, es musste eine Bambuspfeife sein, dann das schrille Fiepen, das Warnsignal eines Lasters im Rückwärtsgang, das einzige unangenehme Geräusch, und dann das zarte Piepsen von frisch geborenen Mäusejungen. Ich war erleichtert, als mir klarwurde, dass ich mir um Unterhaltung in meinem Leben keine Sorgen mehr würde machen müssen, für alle Zukunft hatte ich sie schon im Ohr. Die Rune, die er mir an die Stirn geworfen hatte, zeigte das Zeichen des Kriegers, die am Ohr stand für Macht. Ich konnte beide nicht deuten, warf sie in Richtung der Spüle und klatschte vor Begeisterung in die Hände, als das hohle Klacken im Becken meinen Treffer verriet.

Der Blonde sah mich vorwurfsvoll an. Er hockte auf der Bank am Tisch, ich lag auf seiner Matratze. Wieder hatte ich eine Nacht neben ihm wach gelegen. Ich hatte sie nicht gezählt, die Stunden und die Nächte, die wir seit dem Festival miteinander verbracht hatten, es konnten nicht viele sein, am Ende waren es nur eine Nacht und ein Tag. Ich erinnerte mich noch, wie er vorne gesessen und den Bus in den grellen Strichen eines frühen Morgens vom Gelände gesteuert hatte. Ich erinnerte mich, dass ich damals schon auf der Matratze gelegen hatte, nicht schlafen konnte und mich darauf konzentrierte, nach vorne zum

Fahrersitz zu starren, der seufzte, der mit dem Körper des Blonden auf und ab wippte. Er bewegt sich, aber er kommt nicht über sich hinaus, dachte ich. Sobald ich aufhörte, auf den Sitz und die Rückenlehne des Blonden zu starren, begannen die Dinge um mich herum ein Eigenleben zu entwickeln. Schaute ich aus dem Fenster, winkte mir ein Motorradfahrer zu, nahm den Helm ab und hatte darunter nichts als seine Schultern, er begann auf seinem Motorrad stehend zu fahren, dann im Kopfstand, zog dabei die Schuhe aus, ließ die Socken über die Straße flattern, machte mir Zeichen mit den Zehen, die ich nicht verstand, und löste sich am Ende in Flammen auf. Der Blonde war ans Meer gefahren, hatte die Bustüren aufgerissen und mich zu sich nach draußen in den Sand gezogen. War danach noch ein Tag, noch eine Nacht vergangen? Jetzt war es Tag, und ich hatte Hunger und Angst, dass die Bilder nie wieder aus meinem Kopf, die Töne nie mehr aus meinem Ohr verschwinden würden, die Illusionen, der Wahn. Wenn du darüber nachdenken kannst, bist du nicht auf deinen Pilzen hängengeblieben, sagte der Blonde und stand auf, um uns einen Tee und eine Suppe zu kochen. Ich habe Leute erlebt, die sind hängengeblieben auf Pilzen, die haben geglaubt, sie könnten auf Wasser gehen, die sind aus dem Fenster gesprungen, weil sie sicher waren, dass sie fliegen würden. Er setzte Wasser auf. Aber es fühlt sich so an, antwortete ich, ich hänge doch, merkst du das nicht, die Bilder wiederholen sich, und immer löst sich am Ende alles in Flammen auf. Gib dir Zeit, sagte er, und schlug mit der flachen Hand gegen den Wasserhahn, kein Wasser kam mehr heraus. Du hast das Fleisch Gottes verzehrt, er öffnete den Schrank, um an der Pumpe zu hantieren, was erwartest du, denk an Prometheus, der es mit den Göttern aufnahm, hatte nichts und alles zu verlieren. Sehr lustig, antwortete ich und hielt die Hand gegen mein Ohr, der Laster legte wieder seinen Rückwärtsgang ein.

Mein Gott, Anne, zischte der Blonde und fuchtelte mit einem schmierigen Lappen in der Luft herum. Es musste ein Fetzen aus einem seiner Holzfällerhemden sein, lila und blau und gelb mit Streifen. So ein Hemd, wie er es auch jetzt trug, dessen Ärmel er hochkrempelte. Sprich nicht so katholisch, antwortete ich und zog mir die Decke über die Beine. Die Decke hatte noch immer denselben Bezug wie damals, in den Tagen des Hasen. Entweder wechselte er ihn aus Prinzip nicht, oder er besaß keinen anderen. Der Blonde spuckte aus, seine Spucke landete dicht vor der Matratze auf dem Boden und bildete einen kleinen, schaumigen Fleck. Das hatte er noch nie gemacht, in meine Richtung gespuckt.

Respekt, fauchte er, Respekt vor den Wundern, die uns die Natur anbietet, wenig ist noch übrig von dem Paradies, aber ihr achtet es nicht. Ihr!, schrie ich zurück, richtete mich steil auf, die Decke fiel zu Boden, mir über die Füße. Wen meinst du mit ihr? Du sprichst wie ein Indianer, aber du bist keiner! Du predigst, aber du bist kein Priester! Du diktierst, doch du bist kein Diktator. Du befiehlst, ohne Regent zu sein. Du hast keine Macht, nicht über mich, dein Königreich ist ein mit Nichts gefülltes Vakuum deiner eigenen Imagination. Mit diesen Worten fiel mein Körper zurück auf die Matratze, in die ewig gleichen Bezüge mit ihrem dauerhaften Farbspektrum, mit ihrem die Zeit stauenden Geruch. Respekt, fauchte der Blonde wieder, doch diesmal flüsterte er, Respekt, wenn schon nicht vorm Leben, dann wenigstens vor mir.

Er schnaufte und schloss die Augen, und fast musste ich lachen, wie er da vor dem Spülstein kniete, Werkzeug in der Hand, hilflos wie ein kleiner Junge und wütend wie ein Stier. Ja, er war wütend, aber er gab sich Mühe, es nicht zu sein, oder es nur zu sein, weil ich und meine Freunde so dumm gewesen waren, weil wir so unerfahren waren. Weil ich auf Mike Jonas gehört hatte und nicht auf ihn. Weil ich einem Kind gefolgt war und nicht einem Mann. Er wollte nicht wütend sein, weil er längst wusste, dass ich nicht bei ihm angekommen war, dass ich niemals bei ihm ankommen würde. Dass ich das Nest, das er mir bereit war zu bieten, wieder verlassen würde. Dass ich nie bei ihm zu Hause sein würde, obwohl er ein Mann war, der mir ein Leben, das anders war, zu bieten hatte. Dass wir nicht zusammenbleiben würden, obwohl doch alles so gut passte, ich in seinen Bus und er mit dem blauen Bus um mich herum, das alles ergab einen Sinn, eine Gleichung, an deren Ende hundert Prozent herauskam, nur ich schien diese Logik nicht zu begreifen, oder vielleicht begriff ich sie, aber gehorchen konnte ich ihr nicht. Stattdessen hatte ich Pilze gefressen mit Gestalten, die zwei und zwei nicht zusammenzählen konnten, jedenfalls kein Risiko einschätzen, wenn sie Pilze abzählten, die gegoren und voll waren mit Psilocybin. Und ich mitten unter ihnen, in einem brennenden Zelt statt in seinem Bus, in meinen Gehirnwindungen spielten sich Horrorszenen ab, ich hatte ihm nicht erzählt, dass ich ihn gesucht und gefunden hatte, dass ich davongelaufen war, als ich ihn am Boden kauern sah. Doch jetzt rief ich: Haben es dir nicht deine Steine gesagt, wo ich bin und was ich tue, haben sie dich nicht geschickt, mich zu retten, vielleicht wollte ich sterben, hast du das schon bedacht, dass du mir am Ende keinen Gefallen getan hast, kein Held bist, vielleicht steckte hinter all dem eine Sehnsucht nach dem Tod, das hast du wohl nicht bedacht. Vielleicht brauche ich mehr als den Kompromiss zwischen Freiheit und Feierabend.

Der Blonde kniete am Boden, der Blonde faltete mit geschlossenen Augen die Hände in den Schoß, seufzte, wie Gabriel geseufzt haben musste, Gabriel, der Erzengel, wenn die vielen Verlorenen vor ihm standen, Abraham, Moses, Josef, Maria und Mohammed, wenn sie seine Botschaft wieder nicht begriffen, und ich beschloss, dass der Blonde Gabriel glich, dass er so heißen musste, dass er ein Engel war, die Botschaft brachte, nach der niemand verlangt hatte. Dann öffnete er langsam die Augen, seufzte wieder und sagte: Quatsch, da sitzt zu viel Gier nach Leben drin, das ist das übersteigerte Selbst, eben die Angst, nicht mehr zu sein als ein Staubkorn im Wind.

Ein Staubkorn im Wind!, rief ich und fing an zu lachen, eine schlechtere Metapher fällt dir wohl nicht ein, was ist das schon, ein Staubkorn im Wind. Ich war mir sicher, er würde jetzt sagen: Das bin ich, und das bist auch du. Und er würde weitermachen mit seiner Prophetenmasche, seiner Priesterperformance, die mich reizte bis aufs Blut. Aber er antwortete nicht, sondern starrte vor sich hin, starrte auf seine Spucke am Boden, als würde sie sich auflösen unter seinem Blick, und ich bekam wieder Panik, diesmal, dass er auch mich anstarren würde, um mich auch aufzulösen.

Gabriel streckte seinen Arm aus, um sich abzustützen, die rechte Hand auf der Spüle, die andere gegen das Fenster, krallte die Finger in den Fensterrahmen, versperrte mir so die Flucht nach vorn. So habe ich mir das nicht vorgestellt, wollte er wohl sagen, so einfach kommst du mir nicht davon. Und ich, ich wollte bestraft werden, weil ich davongelaufen war, die ganze Zeit war ich unterwegs gewesen, auf der Flucht vor mir selbst. Doch ich wusste, es hatte keinen Sinn, dem Blonden meine Bestrafung zu überlassen, am Ende würde es mir doch ungerecht vorkommen, ich musste meine Bestrafung selbst in die Hand nehmen. Es gurgelte, platzte in der Leitung, und ein Strahl Wasser traf den Blonden ins Gesicht. Er duckte sich. Ich hatte wieder etwas zu lachen. Mit geschlossenen Augen und vorgestreckten Armen kämpfte der Blonde gegen den Strahl, der ihm die Haare nach hinten fegte und seine Gesichtshaut seltsam verzerrte. Ich kam ihm zu Hilfe, denn auch ich wollte ein glattes Gesicht bekommen, wollte die Furchen des Trips von der Oberfläche meines Körpers wischen. Gemeinsam standen wir im zischenden Strahl, Gesichter, Schultern, alles bis zum Bauchnabel völlig durchnässt. Bald müsste der Wassertank leer sein!, schrie der Blonde. Und wirklich, es gluckste und stöhnte, und plötzlich brach der Strahl ab, und wir standen da mit unseren hilflos vor uns ausgestreckten Armen und den glatten Gesichtern, die vor Nässe leuchteten. Am Ende konnten wir nicht anders, als uns in die Arme zu fallen, uns gegenseitig die feuchten Lippen abzulecken, unsere glatten, kühlen Gesichter zu ertasten, als wären sie neu, wir ließen die nasse Haut schmatzen, wir tauchten die Matratze in unsere Nässe und blieben schließlich erschöpft nebeneinander liegen. Wie Klebstoff wirkte die Feuchtigkeit, sie hielt uns aneinander und ineinander verschlungen. Versteh mich doch, bettelte der Blonde und küsste mich aufs Ohr. So leichtfertig darf man mit diesen Stoffen nicht umgehen, fuhr er fort. Du hast dich schlecht benommen, hätte er sagen sollen, du dummes, dummes Kind. Du kannst noch nicht mal selbst auf dich aufpassen, ich aber kann das. Ich wollte mich fortstoßen von ihm, aufstehen, doch die Feuchtigkeit hielt mich an ihn gepresst.

Mit seinen engelhaft langen Fingern strich Gabriel mir eine Strähne aus dem Gesicht. Glaub nicht, ich hätte dich aufgegeben, das darfst du nicht denken. Er schluckte, dabei fuhr sein Adamsapfel auf und nieder. Ich konnte es direkt an meiner Bauchwand spüren, es hallte in mir wie ein Echo. Gesucht habe ich dich, jedes verdammte Auto mit Bonner Kennzeichen habe ich nach dir inspiziert, Leute genervt, nervös bin ich geworden, kannst du dir nicht vorstellen, erzählte er, wieder sein Schlucken, mein Echo, bis ich diesen Typen getroffen habe, diesen Marc Egon, dieser irre Kerl, mit dem alten Mercedes. Ich musste lachen, über den Egon, es war doch Mike Jonas, unser süßer Mike Jonas, den ich bis vor kurzem noch so gerne zwischen meinen Beinen gespürt hätte. Gesehen habe ich ihn, wie er dieses lächerliche Körbchen aus dem Mercedes mit Bonner Kennzeichen geholt hat. Also habe ich ihn angesprochen. Schlucken und Echo, mir wurde kalt vom Schweiß auf meinem Körper. Erst wollte er nicht zugeben, dich zu kennen, weiß nicht wieso, wahrscheinlich wollte er sich nur wichtig machen. Und dann, drängte ich ihn, jetzt wollte ich doch hören, was Mike Jonas über mich gesagt hatte. Ach, Gabriel drückte sich zurück, und unsere Körper lösten sich mit einem leisen Plopp, Witze hat er gemacht, dass du auf Alte stehst, das hätte er sich ja denken können, ich habe ihm gar nicht zugehört, wollte nur wissen, wo du steckst, wollte nur zu dir. Er versuchte wieder einzudringen in die Enge zwischen meinen Beinen, meinen Körper erneut zu erobern, konnte er meine Seele nicht besitzen, so doch wenigstens ihre Hülle. Doch nun war es zu spät, die Feuchtigkeit und Dichte gehörte jetzt mir allein.

Das Fleisch Gottes, fragte ich und sah ihm in die blauen Augen, sie taten weh, diese Augen, denn sie luden mich ein, in sie hineinzutauchen, mich in ihnen zu ertränken, um endlich erlöst zu sein. Er versuchte mich zu küssen, aber ich küsste nicht zurück, denn ich wollte wissen, was das hieß, Fleisch Gottes. Ich erinnerte mich daran, dass mein Vater im Urlaub am Atlantik immer Muschelsplitter gesammelt hatte, rund und schmal, mit einer Spirale innen, und er hatte behauptet, das sei das Ohr Gottes, und es würde ihm Glück bringen, und auf der anderen Seite befinde sich das Auge Gottes. Er drohte, er würde Ohr und Auge Gottes jetzt immer bei sich tragen, hier in seiner Tasche, und wenn ich, das Kind, wieder etwas Böses machen würde, dann sehe Gott das sofort. Das machte mir Angst, als Kind hatte ich mich oft gefragt, aus wie vielen Ohren und Augen Gott wohl bestand, wenn allein mein Vater aus jedem Urlaub eine Handvoll von ihnen mitbrachte, die er aufreihte auf der Kommode und im Haus systematisch verteilte. Um welches Fleisch Gottes handelt es sich denn, wollte ich wissen. Der Blonde zwinkerte, aber nicht, weil er mich verstanden hatte, sondern weil er jetzt meine Hand an seinem Fleisch genießen wollte, ich sollte weitermachen, nicht mehr sprechen, ich ließ los. Ich will dich nicht ablenken, antwortete ich auf seinen fragenden, vorwurfsvollen Blick. Ach, zischte mein Engel und vergrößerte nun seinerseits den Abstand zwischen uns. Er warf das Laken von sich und über mich, um seinen Hintern in eine seiner verschlissenen Unterhosen zu stecken, ein Höschen, das schon das Gummi an den Rändern blitzen ließ und mir zu denken gab, dass ich mit jemandem im Bett, nein, auf der Matratze lag, dessen Unterhose sich schon in ihre Bestandteile auflöste. Es ist nicht so, dass ich Menschen verurteilte, die keinen Wert auf ihr Äußeres legten, im Gegenteil, ich fragte mich nur, warum immer ich es war, die mit diesen Menschen Körperflüssigkeiten austauschte. Schließlich waren die Unterhosenmodelle, die den Hintern von Mike Jonas warmhalten durften, von demselben Kaliber wie die meines Erzengels, und auch die Höschen von Herbert hatten hier und da ein Loch aufzuweisen gehabt.

Am Ende musste es wohl etwas mit mir zu tun haben, dass die Männer, die ihren Schwanz in mich steckten, diesen auch in löchrigen Unterhosen verbargen, und ich war froh, dass der Blonde auf das Fleisch Gottes zurückkam, denn sonst hätte ich noch mehr Schlüsse aus meinem Verhältnis zu verschlissenen Unterhosen ziehen müssen.

Es öffnet deine Wahrnehmung, deswegen Fleisch Gottes, dir passiert ungefähr dasselbe wie Adam und Eva in ihrem Garten Eden, du erkennst Dinge, die sonst im Verborgenen liegen. Aha, dachte ich und nickte anerkennend. Die Erkenntnis des Verborgenen blieb mir bei bisherigen Experimenten da, wo sie war, im Verborgenen, bemerkte ich. Das ist es ja eben, dozierte der Blonde und fuhr mit seinem rechten Oberarm ins Holzfällerhemd, du selbst musst dich ins Verborgene wagen. Ich musste gestehen, diese Arme gefielen mir, sie waren kräftig, sie waren muskulös, ganz so, wie Männerarme sein müssen, von ihnen wollte ich umfasst werden, und auch das Hemd hatte keine Löcher. Was ist es jetzt?, fragte ich nach, denn auch mein Engel war in die Betrachtung seines Körpers verfallen, den rechten Arm im Ärmel, den linken weiter unbekleidet, hatte er angefangen, seine Brusthaare zu sortieren. Nur wer auserwählt ist, dem öffnen sich die Pforten der Wahrnehmung, und Auserwählte sind Menschen, die nicht danach verlangen, auserwählt zu sein, die bereit sind, sich selbst aufzugeben, die an sich zweifeln, die an der Existenz göttlicher Kräfte zweifeln, und nicht solche wie dieser Hampelmann, der dir verschimmelte Pilze verabreicht hat. Gabriel schnaufte und schoss mit dem linken Arm ins Hemd. Jetzt wollte ich Einwände erheben, dass Mike Jonas mich ja nicht gezwungen habe, aber ich sah ein, dass jedes weitere Wort ein Wort zu viel war. Jedes weitere Wort würde die tiefe Temperatur zwischen meinem Engel und mir weiter senken. Also fragte ich nach den Schamanen, begab mich auf eine zwar eisige, aber immerhin gestreute Fläche, hier war die Rutschgefahr nicht so groß.

Ein Schamane ist jemand, der sich nie sicher ist, dass er einer ist. Mein Engel fuhr sich mit einer schnellen Bewegung über die Augen, verharrte auf der Nase und verzerrte das Gesicht. Eigentlich weiß ein Schamane nicht, wer er wirklich ist. Er ist auf einer lebenslangen Suche nach sich selbst und hat nicht zum Ziel, sich irgendwann einmal selbst zu finden. Er weiß nur, dass er außerhalb seiner Gemeinschaft steht und daraus etwas machen muss. Er schwieg, mein süßer Gabriel, der mich aus den Flammen gerettet hatte und mir jetzt seine Botschaft ins Hirn trichtern wollte. Ein Beispiel, verlangte ich und faltete die Bettdecke zu einer Rolle, um sie mir zwischen die Beine zu schieben. Ein Beispiel, antwortete der Blonde mehr zu sich selbst als zu mir. Jetzt saß er wieder auf der Bank hinter dem Fahrersitz. Ich selbst bin das beste Beispiel, behauptete er. Ich habe mich hingegeben, an dich, in den Tagen auf dem Parkplatz, ohne zu hoffen, mich dabei selbst zu finden, mich selbst zu gewinnen. Ich wollte einfach nur mit dir zusammen sein. Dann habe ich dich zurückgelassen und war immer noch da. Weder Pilze noch LSD habe ich dir gegeben, dafür aber war ich da, um dich vor deinem eigenen Abgrund zu retten. Der Schamane riskiert nichts, nichts für andere, nur für sich selbst.

Ich musste an Günther denken, den Mann mit gepflegter Kralle, in dessen Bauwagen ich gesessen hatte, in einer verlassenen Wagenburg im Wendland. Günther lebte außerhalb der Gesellschaft, nur war er kein Schamane, nicht einmal ansatzweise, und ich war auch keiner und Mike Jonas nicht, kein bisschen. Bring mich nach Hause, sagte ich. Und er nickte nur.

Ein junger Kerl stand mit seiner Gitarre am Straßenrand und streckte den Daumen raus. Ein Anhalter, für den der Blonde hielt, um nicht mehr mit mir allein zu sein. Super, sagte der Junge und setzte sich neben mich auf die Bank. Super, dass ihr mich mitnehmen könnt. Und super fand er auch den Bus des Blonden. Super auch den Blonden, weil er einen Weg gefunden hatte, in der kapitalistischen Mühle sein eigenes Ding zu machen. Und superspitze war das Festival gewesen, die Musik, der Stoff und alles, dabei grinste er zu mir herüber, als hätte ich dazu etwas zu sagen, in seiner oberen Zahnreihe klaffte eine fette Lücke. Vielleicht sollte das Herübergrinsen auch nur seine Meinung unterstreichen. Denn gar nicht super war die Aktion von den Hippies, die sich im Zelt eingeräuchert oder besser ausgeräuchert hatten. Wie kann man nur so bescheuert sein, sagte der Junge und kratzte sich am geschorenen Kopf. So jung und schon zahnlos, dachte ich und wollte das alles nicht hören. Die eine Frau kann von Glück reden, wenn sie überlebt, berichtete der Junge, aber viel Haut ist an der nicht mehr dran, wird Monate dauern, bis sie die transplantiert haben, und er schüttelte den Kopf. Ich starrte auf seinen Mund, ich biss mir auf die Lippen, wollte das nächste Grinsen nicht verpassen, musste einfach wissen, ob da noch mehr Lücken waren. Und den Typen, den haben sie gleich eingebuchtet, der war total breit, und was der an Zeug mit sich geschleppt hat, der hätte doppelt so viele Weiber auf den Horrortrip bringen können. Und der Blonde nickte hinter seinem Lenkrad und suchte im Rückspiegel nach mir, um mir zu verstehen zu geben: Siehst du, alles, was ich über den Idioten gesagt habe, stimmt. Aber es waren doch nur Pilze, wollte ich einwenden oder wenigstens mit den Lippen formen. Doch er, so gut kannte er mich, kam mir zuvor. Chemie?, fragte er den Gitarrenjungen. Klar, Chemie, da war kein Gras dabei, der hat denen Trips in das Fleisch der Pilze gesteckt, sagte der Junge, und wie um das Gespräch abzuschließen, packte er seine Gitarre aus und begann, ihr mit schnellen Handgriffen einige Akkorde abzuquälen. Das Geklimper gab mir Gelegenheit, mich in meinen Kopf zurückzuziehen, darüber nachzudenken, wo Mike Jonas das Zeug gehabt hatte und warum er uns nichts gesagt hatte, hatte er am Ende gewusst, dass die Pilze nichts nutzten, und deshalb LSD hineingesteckt? Aber das konnte ich einfach nicht glauben.

Am Gespräch vor einem Dritten, einem Fremden vielleicht, erkennt man die eigentliche Nähe und Distanz zwischen zwei Menschen, denn dann müssen sie ihre Reserven aktivieren, und wenn sie keine mehr haben, dann stehen sie am Ende schutzlos da. So ging es dem Blonden und mir, wir hatten keine Geheimwörter, mit denen wir uns gegenseitig füreinander einnehmen, uns daran erinnern konnten, dass wir zwei eins waren und nicht jeder nur für sich, keine Blicke, die vieldeutig zwischen uns gewechselt wurden, nicht ein Fingerzeig gelang uns, in der Anwesenheit des glatzköpfigen Gitarrenjungen wuchs die Distanz zwischen uns ins Unerträgliche.

Ein Zufall war es wohl, dass der Gitarrenmensch sich absetzen ließ in dem Vorort von Bonn, an dessen Rand unsere Pilzwiese lag. Ich steige auch aus, sagte ich, ohne den Blonden anzusehen, als der Junge die Straße überquerte. Wenn du meinst – das waren die letzten Worte, die mein Engel zu mir sprach. Dann öffnete er die Bustüren, und ich stieg aus. Mit offenen Türen fuhr er davon, den kleinen Hügel hinauf, hinter dem es steil bergab geht, er verschwand im Himmel. Wieder starrte ich einem Lebensentwurf hinterher, der nicht meiner war.

Ich besaß keinen Schlüssel für den Polo, ich besaß nichts

mehr außer meinem Personalausweis, alles andere war von den Flammen verzehrt worden. Aber ich wollte sehen, ob der Polo noch da stand, wo wir ihn zurückgelassen hatten. Ich hatte Angst, weil ich verschwunden war, und alle anderen, wie der Tramper behauptet hatte, im Krankenhaus und bei der Polizei gelandet waren. Sie alle hatten für das, was geschehen war, die Verantwortung tragen müssen. Ich nicht. Sie hatten Erklärungen liefern und Geschehnisse rekonstruieren müssen. Ich hatte mich nur mit mir und dem Blonden beschäftigt. Vielleicht hatte ich auch deswegen nicht bei ihm bleiben wollen, weil ich mit ihm gezwungen gewesen wäre, in einem anderen Leben zu existieren – ohne das, von dem ich meinte, es gehöre zu mir.

Wie abgesprochen sahen wir uns wieder, Eva, Simone und ich. Sie standen neben dem Polo, damit beschäftigt, die Motorhaube zu öffnen, um Wasser nachzufüllen. Kannst du das mal halten, sagte Eva und drückte mir eine Plastikflasche in die Hand. Minuten später saßen wir im Auto, die Fenster waren heruntergedreht, frische Landluft strömte zu uns herein, und erst, als wir die Wiese weit hinter uns gelassen hatten, sagte Eva: Das war das mit den Pilzen, und wir haben noch mal Glück gehabt.